苦茗闲话

续 集

陈茗屋

上海书店出版社
SHANGHAI BOOKSTORE PUBLISHING HOUSE

目 录

I

陈鹏举题诗（代序）

夜谈祭酒意迟迟，花落乌啼刀笔诗；

拜读陈言三万字，春秋粉墨退之知。

吟奉　茗丈宗兄一笑，用加梅韵。庚子，鹏举

方文寯印

晚清有一位书画家，据说隶书写得不错，有收藏癖，还有鉴定名。喜欢收藏秦汉印印谱，偶一奏刀，好像还有汉人意。《广印人传》说他是安徽新安人，名方文寯，字啸琴。

以前在旧谱中见到过黄牧甫所作"方文寯""啸琴"对印。这个"寯"字，冷门，遂留下印象。

大概有廿来年了，韩天衡哥于安徽市肆购得了这方"方文寯印"（见图）和另一方多字的方氏用印，黄牧甫款。因其所署年月，在大家公认的黄氏逝世日之后，店主便断为伪作。听说天衡哥以极为便宜的价格收入囊中。

方文寓印

这两方黄牧甫作品，至今我也无缘摩挲，连印泥印蜕也未见过。所幸现在印刷术大佳，所以看看书上所载也大快朵颐。

曾听到不少前辈都不看好。印象至深的一次是去疾方老师晚年入住徐汇区中心医院，我去探望，施元亮兄在照顾着方去师。说起天衡哥收得的这两方黄氏作品，老师说，是靠不住的。令我大为吃惊。

虽然仍未亲见原石，但我仍然固执地认为，这两方方文寓用印，不但真，而且精。又比公认的寿数推后了几个月，深具研究价值。

黄牧甫的卒年，我曾考过，并确定之。一九八三年，我第一次到黄氏家乡黟县采访，在其早年和晚年生活的黄村逗留了好几天。多次和黄牧公的孙女黄云岫女士和其夫婿，也是牧公的亲外孙叶玉宽先生晤谈。当时，牧公的小女儿黄慰璋老人，即叶玉宽的生母还健在，住在南昌儿子家。我多次写信向她讨教，她的回信我仍然保存着。牧公的女儿、嫡孙女、嫡外孙都一致斩钉截铁地说，黄牧甫享年六十。我还采访过黄村的数位老人家，众口同声，说黄牧甫活了六十岁。根据这些情况，又考据了其他资料，认定黄牧甫逝于光绪三十四年，岁戊申正月初四，公元一九〇八年，享年六十。

但是，即使在当时，我也存一丝怀疑。叶玉宽先生曾割爱让给我一副牧公晚年对联，"观海齐量，登岳均厚；临世濯足，希古振缨"，篆书，上款利元，但未署年月。在包手签条处，利元注有文字——光绪三十四年秋月，黄士林书于黟西黄村，该友次年正月初旬仙逝。

3

我当即询问叶玉宽先生，据利元所写，牧公在光绪三十四年秋天六十岁时创作对联，翌年才走，那应该活了六十一岁。叶先生厉声答我，那人胡说的，我们家里人怎么会记错呢！

是啊，怎么会记错呢。尤其在农村里，某人活了几岁，应该不会搞错。牧公的后裔，口口相传，更不应该记错。况且，说牧公活了六十岁，指的是虚岁，足岁是五十九。也不可能有虚岁实岁换算之误。

但是："方文矞印"的边跋里，明明白白记着"戊申五月"，另一方"新安方文矞字彦伯印"边跋里也记着"戊申长至"，长至即夏至，在农历五月，所以二印当是同月的作品。按理说，正月里走了的人，怎么可能过了四个月还在刻印。我突然想起一件往事——许多年前，一位老先生五十九岁虚岁，刻印后在边跋里却记"时年六十又一"。诘之，老先生说"好白相，白相相"。会不会黄牧公也玩白相相？据说齐白石公也有过增添虚寿的故事。

不管怎么猜测，就印论印，这方"方文矞印"大气磅礴，不论在清末，还是近现代，黄牧公那把刀，无人可以比肩。

此印的文字，都是汉印文字，朴实无华。牧公在边跋中说："方篆多曲画，见《缪篆分韵》……"那个年代，篆刻的工具书不多，牧公常用的便是《缪篆分韵》而已且多取其中平方正直的文字。牧公的印作中，除了汉印文字便是金文，以此二类为大宗，俱落落大方。即使是"多曲画"的"方"字，也毫无阿世媚俗之态。

文字大大方方，运刀痛痛快快，纯英雄本色。看这四个字的线条，绵里藏针，充满了勃发的生命力，在在都在体现篆书中锋运笔的指导思想。

不管这方印章是"逝后"还是什么时候所刻，毫无疑问，是黄牧公黄昏岁月的力作，和常见的"古槐邻屋"等几方晚年作品一样，没有丝毫的颓败之感。据其后裔说，黄牧甫并非逝于衰老，六十来岁犹精力弥满。突发事件，为土地纠纷与人对簿公堂，不幸猝卒。

有文章说，牧公逝于夏天。但是，牧公的后裔告诉我，大殓之日冷得出奇，大家穿了厚厚的棉袄，冻得瑟瑟发抖。

　　牧公到底逝于哪年，虽然现在看到了方氏印章和其他款署六十岁戊申正月以后的书画。形诸于文字的至今也还只有拙藏对联中利元所书——"该友（戊申）次年正月初旬仙逝（六十一岁）"。孤证而已。我们期待着更多的发现。

2016.7.2

行云流水

　　"行云流水"（图一）是君匋钱老师为白蕉先生篆刻的。白蕉先生的行草，尤其是尺牍类的小字，当得行云流水四字。近年来，深受藏家的追捧和鉴家的赞赏。

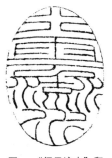

图一　"行云流水"印

　　这方印章，白蕉先生已经用了几年，突然写了一信致钱老师——

　　此印篆刻甚精，珍重藏用已数年。而我意初有

7

不足，未与老友言亦数年。若终不言，则抱憾终身矣。此刻问题在篆法，方圆成上下截，未能统一。浅见全用完白（按：邓石如）圆篆法，边不必求绝完整。水字头亦须小改。求大刻不止一二，今求重刻，则不但不情，世且未闻，弟亦未躬自遇之也。敬奉商，便为一九五三年新事。如何，如何？

信件写于"国庆节"，我估计是一九五二年。到了十一月四日，白蕉先生又写了一信——

奉读手示，感愧之至！"行云流水"章章法，浅见不须更动，原来落落大方，极好。为求印面统一，只是一个篆法方圆问题。因此反复研究下来，"流"字照旧，"水"字上半改成圆势，"行云"二字笔划排列，笔意求圆，就是十全十美。当时研究稿子尚保存在思考中，还没有作结论。刻奉仅可作为参考意见，敬俟方家大裁。

看来，钱老师在收到第一封信后，即回复并提出了自己的修改意见，认为须全盘改动。于是白蕉先生写第二封信，说章法不须改动，只是上下方圆相悖，还提出了具体的修改意见。

二位杰出的书法篆刻家，对一枚印章，发表各自的见解，当然是极为有趣的事情，而且意见又不一致。平心而论，钱老师的这方"行云流水"确有可以商榷之处。白蕉先生指出的"方圆成上下截，未能统一"，可谓一针见血。上面二字，横平竖直，一脸严肃；下面"流水"作婆娑舞蹈状，轻松活泼。上下难以磨合，实在不是成功的作品。

也难怪，当时钱老师四十多岁，忙于"正业"，音乐啊，出版啊，封面装帧啊……很少有时间静下心来醉心篆刻，也远远还未步入一流篆刻家的行列。即使是那时精心篆刻，托茅盾转呈毛主席的对章，和他十多年后进入辉煌期的作品相比，差距是显而易见的。前进道路上的幼稚，人人都难以避免。

好在钱老师虽有文人的傲气，不多。肯听别人的意见，最后还是磨去了重刻。虽然，白蕉先生的修改意见，秋风过耳，并没有遵循之。不过，重刻的"行云流水"（图二），尽管都是方笔，却浑然一体，和谐协调，还颇有黄牧甫的格调。

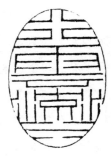

图二　重刻的
"行云流水"印

十多年后，上世纪六十年代前期，我已经从去疾方老师和钱老师学印。有一次钱老师整理信札，检出了白蕉先生关于"行云流水"的这两封信，递给我阅读，并说"白蕉非常有趣"。老师有浓重的嘉兴口音，"有趣"的"有"读第四声。在老师的语言习惯中，说某人有趣，相当于现在人们常说的"另类"。据说，白蕉先生既自负又有点另类。可惜，我从未见过他。按巨来宗丈的划分，白蕉先生是被列入"狂人"的。但是，他写给老师的这两封信，一点不狂，直抒己见，不虚伪，虽然微显唐突，也无伤大雅。我读这两封信的时候，年方弱冠，极为幼稚。老师不厌其烦，解释了一遍。说老实话，我觉得白蕉先生有道理。但钱老师又说：上方下圆，是特意制造矛盾，又把它统一起来。

这两封信，当时我爱不忍释，便斗胆提出用沈尹默先生横幅的毛主席沁园春交换之。钱老师欣然允诺。其实，即使向他索讨，他大概也会答应的。但是我不好意思提出，因为不久前，他刚理出一些尺牍送我。

钱老师重刻的"行云流水"，相当完美。不知白蕉先生满意不满意。据我看，白蕉先生大概偏向喜爱圆润一路的。他也能刻，水平颇不恶，格调亦高。

钱老师在中年，已经喜爱黄牧甫风格。十多年后，收得一百多方黄氏原作，潜心研究，获大成功。"文革"前，老师取法黄氏一路的作品，光芒四射。尤其是朱文，线条不但挺拔，而且富有趣味，极为生动。我始终固执地认为，师法黄氏的诸多名家中，当以钱老师为最。当然，是指老师中晚年的作品。

老师在一九六〇年前后，制作了《长征印谱》，把长征路过的地名勒石纪念，立意很高。以后又二次创作《鲁迅笔名印谱》，立意亦佳。老师曾把《长征印谱》诸印钤为手卷，着我去请沈尹默先生题额。沈老把纸铺在桌上，站起来舔了好几次墨，又坐下，要师母把纸卷起收好，说想不出写什么为妥，遂和几位访客聊天。过了不多久，他又要师母把纸铺开，坐着，眼镜几乎贴在纸上，挥毫写了"通向共产主义大道"八个大字。我取回交给钱老师时，老师连连说，好极，好极，没有比这更妥当的了！

　　沈先生是我崇拜的偶像，大字小字均佳。白蕉先生的尺牍书法，直接晋人，蕴藉高古。大字，我见过好几副对联，都不大喜欢，也未见他钤用过这方重刻了的"行云流水"。

2016.7.30

宗英藏书

以传统的篆刻批评标准来看，"宗英藏书"（图一）这枚印章还算不上是篆刻作品，但是比起如今充斥宇内的离经叛道的"篆刻作品"，它却还算是接近篆刻作品的一枚印章。虽然，篆法章法刀法俱乏善可陈。

"宗英"者，黄宗英女士；刻者"阿丹"，是我青少年时代纵横天下的电影一哥赵丹前辈。大约三十五年前，宗英前辈委我编拓印谱《赵丹遗印》，出示了这一颗充满情感的纪念品。

听说赵前辈年轻时，在海粟刘老师的美术学校学过

13

图一　　"宗英藏书"印

画。后来在电影界大放异彩，无暇顾及，遂放弃绘画爱好。一直到"文革"被打倒，才又拾起画笔，以解寂寥。偶尔，也会刻个印章。这颗"宗英藏书"便是那个时代刻赠爱妻的。当宗英前辈把这颗印章交给我钤拓时，眼里闪着泪花，却满是爱意。

赵丹前辈逝于一九八○年。虽然被有些人讥为临死还放了一泡空气，老百姓倒是挺怀念这位人民演员的。上海作协的魏绍昌先生，是赵前辈夫妇的挚友，嗜印，《古巴谚语印谱》《养猪印谱》就是他张罗的。他向赵夫人黄宗英提议制作《赵丹遗印》，并推荐我担当之。

赵前辈遗下的印章虽有七八十颗之多，内中且有钱君匋、方去疾老师以及王个簃、方介堪先生和陆康、衍方兄的佳制，但多为无名辈荒芜气象。

我从淮海中路赵宅把印章取来，洗净挑选，取佳者及尚可一观者，编拓成谱。那时，周璇前辈的息子周伟还住在赵家，因为很近，还骑车到寒舍兴致勃勃看我钤拓。不意后来和宗英前辈打起官司，成了轰动一时的新闻。

这批印章中，有颗"赵"一字印（图二），无款，石质极普通。宗英前辈说是赵丹自刻且非常喜欢的。我便在印侧刻了"丹翁自作，茗屋补记"，放在印谱的第一页。

图二　"赵"字印

这方"宗英藏书"，原先我也打算附于谱后，但黄前辈不愿意，说谱中全是"遗"印，"我还活着呢"。尊重她的意见，没有入谱。

"文革"前，赵丹、黄宗英前辈住在湖南路。我倒一次也未去过。"文革"中赵前辈被放出闲置，安排住入了淮海路上造反英雄陈阿大被逐出的房子。他在那里，每天画画度日。要我刻过"画疯子"的印，还画过一幅瓶梅图送我。他走了以后，白杨前辈题诗于上：莫道梅花喜气融，斑斑血染泣丹翁；神飞劲笔乘风去，空余唏嘘画幅中。

　　现在，他们湖南路的旧居前，竖有铜牌说明之。那一带，小洋房林立，有许多名人故居，时不时有挂着照相机的探客徜徉林荫道上。见到铜牌上"赵丹"二字的年轻人，大多现茫然之色。稍有一点社会经历的，则顿现欣喜，向旁人津津乐道。是啊，演员是公众人物，名字容易被人记住。优秀演员饰演过的角色，更会给人刻下印象，乃至永远。在区区的记忆中，李默然的邓世昌、陈晓旭的林黛玉、游本昌的济公、刘涛的阿朱，还有赵丹的武训，俱已成为永恒。

　　《赵丹遗印》的序言是请黄宗英前辈撰写的。她是文坛圣手，文笔好，感情真——

赵丹印，我是很熟悉的。赵丹遗印，我则还很陌生。这些图章，昔日散放在他的抽屉里、行囊中时，除了行家有兴欣赏几方名章外，就谁也不注意。赵丹每成一幅字画后，常常几天里琢磨来，琢磨去，审度该用哪一方图章，打在哪一角落的神情，还在眼前。或友人围着他笔酣墨饱印泥红，抖擞精神一气呵成，起印时自己叫一声好，这气势也栩然在目。究竟，究竟怎么出来个遗字？我久久地盯着那个遗字，仿佛过去并不认识它。遗，竟是走字与贵字组成。诚然乎？竟然乎？噫，憾然序此赵丹生前所用金石之谱，记其金石之志，不忘金石之言，不负金石之约。赵丹之妻黄宗英志。赵丹之子赵佐敬书。一九八一年十月十日赵丹逝世周年祭。

后记是区区所撰——

丹翁谢世以后，我应宗英先生命，整理了丹翁留在家里的全部印章，并选出六十六颗常用者拓成

17

此谱。

　　丹翁是蜚声海内外的电影艺术大师，也是位直抒怀抱的中国画家。我们从他喜爱的印章中可以清楚地品味出他的艺术观。尤其是那些闲章，则更是他的思想的反映。所以，这部印谱对赵丹研究者是极为珍贵的权威资料。

　　是谱原计划在今年春天完成，故卷末牌记作"一九八一年春"。后来由于宗英先生出国访问，须等她回来作序，所以延至今日才合衷成帙。不过，也正可作为丹翁逝世一周年的纪念。

　　是谱共拓三部：一号书归宗英先生，二号书存留在我的手头，三号书为魏绍昌先生所珍护。另外，还有一部工作稿本。

　　一九八一年十月茗屋记于上海。

　　　　　　　　　　　　　　　　2016.8.27

四　部　堂

　　两方"四部堂"，均精妙绝伦，而且都是陈巨来丈
晚年的作品。一点都没有衰老颓败的感觉，和他壮年时
代足以彪炳日月的经典作一样，依然光芒万丈。

　　这两方作品，正好代表了巨丈元朱文圆润和方整的
两种典型面目。圆润的"四部堂"（图一）中，"咅"和
"卩"的中心竖线和"堂"的中心竖线，平行挺拔，好
像房屋的柱子。围绕着基础架子，众多的圆线条展开各
种动人的姿态。由于巨丈具有超乎常人的篆书驾驭能
力，其弯度，其布局，恰到好处；更由于巨丈运刀，准

确而犀利，线条既有弹性又有质感，粗细的变化极为微妙，在在反映书法的中锋韵味。方整的"四部堂"（图二），以平行的竖线条为基础，尤其是把"堂"的左右处理为直线条，更增加了此印的安定感。平行的横线条，犹如屋梁，结实而稳固。而众多的各具弯度的横线，又平添了生动感。此印的亮点是上部的四条横线。不是超一流的高手，不敢作如是想。没有一点突兀之感，大大方方，且能和"部堂"二字和谐相处，不由人不佩服到五体投地。

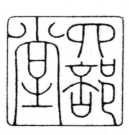

图一　圆润的"四部堂"印

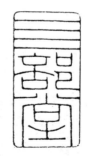

图二　方整的"四部堂"印

巨来宗丈元朱文的印边均极为挺拔，其处理方法相当特别。他嫌印石的边线不够理想，刻前先在砂纸上把印面的四边轻轻擦过，使之成为绝对的直线。所以他的元朱文作品，营造的大气候就是顶天立地的挺拔。不能小看这一小小的动作，功莫大焉。好像也没有别的印家这么做过。

巨来宗丈最为辉煌的成就，公认是元朱文。其师尊赵叔孺公赞曰"元朱文为近代第一"。巨丈自己也把这一类朱文称"元朱文"，即元代朱文。图一"四部堂"的边款作"仲融先生邃于哲学，精于经典，属刻四部堂印，为仿元朱，乞正之。乙巳十月巨来"。

元代的印章，不成气候。但是，那时的印章开始讲究篆法，其代表人物是大书法家赵孟頫。据说，他嫌坊间的印章一无趣味，便自己书篆，倩工匠镌刻，开创了文人印，即篆刻艺术之先河。现在说的"元朱文"，其含义是明确的。

有人将这类朱文称为"圆朱文"，圆形的朱文。可以吗？当然可以。又有人称之谓"铁线篆"，即像铁丝一样细细的篆书朱文。可以吗？当然也可以。中秋节前，一位印友来访，问起了这三种叫法的异同。我想了想，是这样回答的——圆朱文是宇宙中的银河系，铁线篆朱文是太阳系，元朱文是地球。诸君以为如何？

巨丈的篆书作品很少，但十分了不起。大概可以这么说，要刻好元朱文，一定要具备铁线篆，或者说圆篆的书写功力。舍此无他途。倘若不具备这基础，刻出的所谓"元朱文"，只好给制造者自我欣赏了。

印章铺子的成品和篆刻家的作品，有什么不同呢？一个是技术的印章，仅供实用；篆刻是艺术的印章，既可实用，更能欣赏。区别在书法。

巨来宗丈的元朱文，无不散发书法的翰墨香。其韵味之佳，犹如邓丽君绕梁不散的歌声；其形态之美，就像世界小姐张梓琳高雅挺拔的身材……

图一的"四部堂"，上款"仲融"，乃是君匋钱老师的朋友。一九六五年秋，寄了一包印石和钱款请钱老师奏刀，并委老师转请陈巨来、叶潞渊、吴朴堂三位先生刻印。当时，钱老师和潞丈、朴堂先生在南京路朵云轩均悬有润例。老师和潞丈均一字两元，朴堂先生是四字

以内一方五元。巨来宗丈因"政治问题",不能公开悬例,但朵云轩也肯接单,也是一字两元。听说是三七开,店方三,作者七。可惜,那个年代,每位先生一整年不一定有几方委件。

巨来宗丈的这一方和另一对小印,加上求刻七字的十四元润金,钱老师差我送去。约了时间,又去取回,印材俱佳。巨丈很认真地创作了这一方堪称代表作的元朱文。另两方刻了元朱文"李"和白文"四部堂"。因为小,大概老人目力不济,平平而已,但是自己亲为。当时,奉现金求刻,在上海滩可称是新闻了。

过了半年,大浩劫开始了。又过了大半年,"四人帮"忙于内斗。李仲融先生又寄来三石和十四元,再请巨丈奏刀。钱老师又差我送去,印石亦佳。长方形的"四部堂"也堪称巨丈的经典作,边款是其拿手的隶书"巨来作"。另一对小印,白文的"李"和元朱文"四部堂",也平平而已。

巨来宗丈在晚年,大多是命弟子代刀的,亲为者不多。但是,如果他想刻好一方元朱文,还完全有能力应付裕如。环境，心绪，各种因素的制约，有时就敷衍以对，也是无可奈何的事情。

委刻这两方佳作的李仲融先生，是一九二五年入党的老革命，解放后任南京大学哲学系主任、教授。"文革"中，毛主席"李仲融这个人我还是比较了解的"一句话，使之终得保护。怪不得，在"四人帮"兴风作浪的岁月，他还有雅兴请陈巨来丈刻印呢。

2016.9.24

打 鼓 山

　　一九六〇年前后，钱君匋老师创作了《长征印谱》，把红军经过的一百个地名镌刻上石。在全国都在纪念长征胜利八十周年的今天，重读钱老师的这部印谱，涌起无限的感慨。

　　钱老师在旧社会，主要的身份是出版商，极左时代被划为"剥削阶级一分子"。从老师，我在少年时代是学写字；从《长征印谱》始，我从他学篆刻。在我的记忆中，他和我父母一样，热爱新社会，热爱毛主席。尤其是钱老师，一有机会便讴歌共产党和工农大众。

上世纪六十年代初期，我请他赐刻了一个"如愿"。一定是他十分满意的作品，竟然刻了五面边款。说我学刻已入门径，他日不难成名成家。谆谆教导我"尤要者，艺术必须为工农兵服务……政治为艺术灵魂，如不偏废，他日定能如愿也"。我又请他赐刻一个大闲章"立异标新二月花"，边款上刻了"立社会主义之异，标共产主义之新，如二月百花齐放"。

　　那时，钱老师几次说起同科室的同事王科一。我读过他翻译的《傲慢与偏见》。老师极为赞赏那位王先生年轻有为，怜其白而专，不合时宜，在为其所刻姓名印的边侧，勒上"政治力追印面赤，业高不废事工农"规劝之。

　　所以"文革"中，造反派斥钱老师是老反革命，实在是大冤枉了他。

　　在创作《长征印谱》前，先是做资本家，后来又做总编、副总编，忙忙碌碌。偶尔奏刀，业余爱好而已。相比前辈大印家赵叔公、王福公，甚至陈巨来丈、邓散木先生等人，钱老师还只是票友。

一九五七年后，他成为挂名的编审，空闲时间多了，上班时可读读字帖印谱，心临一番。钻入书法篆刻的世界里，乐不可支。

　　现在回过头来看看，《长征印谱》其实是他篆刻的分水岭，从普通的爱好者一跃成为一流印家。那时，他五十几岁，精力弥漫。而且钱老师天才过人，书法篆刻的门门道道，一学就会，一会便精，远迈常人。

　　举《长征印谱》中的"打鼓山"（图一）为例。那是初钤本中的模样。把字典中查来的金文，即钟鼎文，机械安置在方块中。"打"的左右分离得太松，"鼓"字又局促不安。篆法、章法、刀法俱乏善可陈。

图一　"打鼓山"印

　　但是钱老师很快便发现了自己的不足。两年后，随

着对金文的深入研究，改刻成了图二的面目。篆书风流
跌宕，纯商周青铜器款识意；章法上穿插揖让，君子风
度，颇有密不容针疏可走马之趣；刀法上痛快淋漓，大
得青铜器文字的椎凿味。好极。

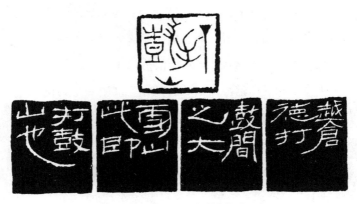

图二　修改后的"打鼓山"印

　　此印四面边款，用汉简体追青铜器款识，高古奇
拙，极为抢眼。许多评家说老师的边款远超印面，见仁
见智，也许也有道理。老师的边款，面目很多，篆隶正
草无一不擅。尤其是汉简体，直来直去，朴素而富金石
气息。

钱老师在篆刻上是认真的。从第一种原钤本到两年后的第三种原钤本，竟然重刻了一半以上的印面或边款。根据第三种原钤本，上海人民美术出版社正式出版了线装本的《长征印谱》，时在一九六二年。其后，钱老师又不断修改，于十七年后，出版了第二版平装的《长征印谱》，是为定稿。

　　原先，叶恭绰、潘伯鹰二先生都撰写了长序。叶序开头写了"解放军二万五千里长征"，因为是长文，不好意思请老人重抄。只请他写了"中国工农红军第一方面军"，经钱老师把照片剪贴重排，印刷后，订入原钤本中。潘序写在竖式稿纸上，每行很长，也是照相后剪贴重排，所以都和原稿在款式上不相一致。叶序虽用毛笔，却写在新闻纸上，钱老师不喜欢，所以差我去印刷厂照相制版后便送给了我。

　　也有一件奇怪的事情。早先，太老师丰子恺先生也题五言诗相贺：长征神圣地，印谱永流传。此是燕然石，纪功亿万年。制版后纳入第一种原钤本，不知什么原因，二、三种的原钤本却弃而不用。不过，人民美术出版社二次正式出版的，都采用了丰老的题诗，叶、潘的长序却不见了。

岁月匆匆，《长征印谱》已经成为历史，印刷本也成了稀罕物。幸亏原石仍在人间，真希望有有心人发起制作第四种原钤本，因为这是最后的定稿，也是钱君匋老师成为大印家的一部标志性的巨著。

2016.10.22

美意延年

    "美意延年"（见图），句美印佳，是
吴昌硕四十九岁那年的作品。时光绪十
八年，岁次壬辰，公元一八九二年。那
时，昌硕公已经定居上海滩。

    细心的读者一定发懵了——不对啊，
陈某人你搞错了，吴昌硕要到一九一二年才定居上海。
前不久报上刚登过一篇文章，指责安吉吴昌硕纪念馆
"宣统三年（一九一一）夏，吴昌硕始脱离苏州公职，
举家迁至上海吴淞定居"是错误的。那篇文章说"应该

"美意延年"印

是一九一二年五月"。该文作者"曾于二○○七年十月五日下午，在上海吴昌硕纪念馆执行馆长吴越兄的陪同下，采访了其父、吴昌硕的孙子吴长邺先生，吴长邺明确地讲：'据我父亲（吴东迈）讲：吴家全家搬来上海，是民国初年（一九一二）的五月间'"。

我对昌硕公辉煌的艺术成就，一向佩服得五体投地。"文革"中被掠走的一部昌硕公花果册页，小时候就经常拜读，听先严解释上面的题头。但对于岁月日期，也一向并不留意。虽然后来读过一些关于昌硕公的文字，也没去考过几岁几年他做了什么。有一段文字，记忆却极为深刻——

上海书店出版过一套《民国史料笔记丛刊》，我几乎都买来阅读。在日本的那么些日子里，我不会喝酒，就少了许多应酬，多了些时间补读年少时被荒废了的学业。那套丛书里有一册孙家振的《退醒庐笔记》，内中有一则《吴昌硕三绝》，说昌硕公和作者在沪南升吉里比邻而居，时在前清壬辰、癸巳间，因此"暇辄晤叙"。他记录昌硕公曾有题折枝菊诗："吴淞江口海西隅，采菊人归羡隐居。乞得一枝供下酒，《汉书》滋味欲输渠。"这后两句，我一直很喜欢。壬辰、癸巳是哪位皇帝，公元又是几何则从未去注意过。仅记得升吉里这一地名，还误以为是现在挂牌的故居吉庆里的旧名称呢。

二十来年前，我收得一张便笺，三行行书"吴昌硕住上海大东门外升·吉里·安吉吴公馆"。请老师鉴定，是昌硕公真迹无疑。我便开始了疑惑，原来这升吉里在南市大东门外。也就是说，吴公家属在吉庆里以前，是居住过升吉里的。想来是家属同居，否则称不上"吴公馆"。我携了这便笺去拜访过吴家伯伯（长邺先生），老伯说，祖父（指昌硕公）从来没有住过升吉里，这个地名也从来没有听说过。

看来，吴家伯伯没有读过《退醒庐笔记》。虽然那天我也带了此书，但没有拿出，怕老人家尴尬。孙家振是名报人，主编过《新闻报》《时事新报》等新闻，并非书画界人，没有必要拉大旗，说吴昌硕是邻居以壮门面。所以他说昌硕公住在升吉里应该是事实。况且昌硕公自称其地为"安吉吴公馆"，方便别人联络，绝不是客居几天的朋友家。

"美意延年"款署"壬辰八月",按时间推,大概刻于升吉里。昌硕公中年时代的作品,精妙绝伦,已臻化境。此印用吴让之的笔意上追石鼓文,富吴带当风的韵致,又现古封泥斑剥苍茫气息,秀美而具震撼力,是其创作辉煌期的辉煌作品。这方佳作,简直无瑕可击,几乎接近完美。其运刀看似毫无心机,肆意为之,其实极具匠心。微妙的粗细变化和神完气足的断断续续,在在反映线条的力度和厚度。整个印面,和谐敦实,既溢书卷气,又富金石气,二气并美。

很多印家都有同感:昌硕公中年时代的篆刻作品滋味无穷,令人一唱三叹。晚年作,虽然也有精彩佳构,但微嫌做得过火,破残稍感多余。加上老年假手他人奏刀的不在少数,所以影响了整个晚期篆刻作品的欣赏度。即使是极为著名的"西泠印社中人",距离辉煌时代的水准,似乎也存在一些距离。

"美意延年"是为"若波先生"所作,应该是吴门画家顾若波。顾氏有声于时,略长于昌硕公。得到此印两三年后即谢世了，也不过六十来岁。

居住在升吉里的昌硕公，正当壮年，创作欲十分旺盛，挥写过许多书画，也曾在癸巳五十岁那年，辑刊自己此前的诗作成三卷本的《缶庐诗》。

刻制"美意延年"的前后几年中，昌硕公还创作了大量掷地有声的篆刻经典作品，有不少款署"刻于沪"。难道在孙家振所说的这两年前后，昌硕公也居住在升吉里？还是居住在上海滩的某个地方？看来昌硕公尚有许多生平空间，待有志于此的专家们去探索研究。吾当翘企而待之。

2016.11.19

张忘庵氏

应该有六七年了，在美国的嫡堂二哥打电话给我，那时我因手术在上海休养。二哥说，他有一位好朋友，住在纽约，是陈巨来的老学生，关心国内的篆刻界，想让我介绍情况。天哪，又是陈巨来的学生。约略估计，我遇到过自称陈门弟子的至少有十多个了，几乎都有点搞笑。

因了二哥的绍介，我和那位张方晦建立了联系。一熟悉，嗨，真的是巨来宗丈的入门弟子，那还是上世纪五十年代的故事。巨丈还携他参加了"上海市金石篆刻研究社筹备会"成立大会，有照片为证，站在众多前辈篆刻家旁边的是十多岁的张方晦。网上可以查到。

那时，二哥和方晦哥还都在上海，是南洋模范的高中同学。不久后，二哥移居海外，方晦哥和弟妹随其父母西出阳关，到甘肃去垦荒了。

方晦哥的尊大人是文人，大学教授。请王福公等名家刻过许多印章，尤嗜巨来宗丈的风格，不但求刻多多，还要儿子拜师学习。方晦哥曾请教老师何为刀法，回答妙极了——"没有刀法。吃饭有没有筷法？只要搛得起来就是了！"又请教学刻的途径，回答也妙——"侬只要看牢我刻，我哪能刻，侬也哪能刻，就是了！"

抛弃了上海的一切，张家仅带了少量行李和巨来先生所刻的数十方印章，徙奔西土。在那里，不过两年光阴，方晦哥的父尊年方半百便被折磨而去。没奈何，曾经是律师的伯母大人，便携儿女回到海门老家去种田了。最可留作纪念的印章，多为白芙蓉、兰花青田，也带回了海门。

在"文革"中，这一家子黑六类的经历，可以想见。方晦哥出口成祸，在里面待了十六年。八十年代初，平反回到人间。弟妹交给他的只有一部霉烂不堪的《辞海》和一本破印谱了。

方晦哥在上海成家时，巨来宗丈亲临婚宴，一星期后便驾鹤西去。不久后，方晦哥去了美国。据说二哥还招待他去家里住过，继续抒发他们的少年情怀。

方晦哥的故事令人心酸。虽然尚未谋面，一次次的电话，却聊得投机。大家都不是想抛头露脸，鲜格格的人物，所以可以做朋友。

他很想把仅存的硕果，那本印谱刊印出版以为纪念，便交给我来编辑。到手一看，大为惊奇。虽然残破，印蜕倒很完整，都是巨丈手抑，粘贴得好好的，且有三十一方之多。

因了张翔宇、陆加梅、季溢、柳佳几位朋友的相助，《陈巨来作张氏澹静堂印存》终于付梓。装帧大方，印刷也好，方晦哥很满意。

这些印章，都是巨来宗丈为张老伯澹秋先生、张伯母周静寀女史所作。十之八九从未面世，尤为稀罕。且是巨丈壮年所为，最精彩阶段的佳构。这是介绍的"张忘庵氏"（见图），允为巨丈元朱文的上上之品。用巨丈的语言，是"超超等""头头等"。

"张忘庵氏"印

元朱文以停匀秀美，风靡大江南北。"张忘庵氏"不论是篆书、章法还是运刀，都可以"完美"蔽之。好像巨来宗丈从未向人谈及临书的经历。但是，如果没有长期刻苦地临池，不可能写出如此优美的篆字；也从未听巨丈说过抑让顿挫经营安排的秘诀，但见他信手写来，便是和谐社会。倘若没有对经典古印的深刻理解，不可能一蹴而就；只听得方晦哥请教过巨丈刀法，其以筷子搛菜喻之，也实在妙不可言。尽管我的启蒙老师去疾方先生极为鄙视修修改改的刀法，但是巨丈修修改改却能达到化境。不但有中锋运笔的妙韵，更有婀娜顾盼的风致。巨来宗丈一人而已，一人而已！可见条条大道通罗马，不我欺也。

巨来宗丈受的是旧式教育，没上过学堂，没有半张毕业文凭。虽然他喜欢乱侃，海阔天空，男男女女，爱揭阴私，却也未闻他夸过自己读过多少多少古书。由于他刻款少见长跋，一向不大知道他的深浅。等到《安持人物琐忆》面世，其遣字造句经营措划，于旧学浸淫之深，始为世人惊叹。是啊，没有旧学为依托，书画篆刻没有一样是可以成功的。

在《陈巨来作张氏澹静堂印存》中，除了这一方元朱佳制，其余卅印，也俱是巨丈的精心作。我在后记里斗胆写上："足徵忘庵仁丈与安持宗丈之交谊深且厚矣。前辈风流长在人间。"

友人张颂华，是巨丈晚年的女弟子，也居纽约。遂介绍他们联系。方晦哥第一次被人尊为"大师兄"，不亦乐乎。

说老实话，方晦哥少年时代从师玩玩，又几十年坎坎坷坷，其刻印水平，应该不可能高明。但是，他有一枝如椽巨笔，写得一手好文章。名山事业，可以无憾。

顺便说多一句——姓名印，只能用"印"，不可用"氏"。用到"氏"，如"张忘庵氏"，则是字、号无疑。表字后面也可加"甫"。李白字太白，可刻"李白之印""太白甫"。

2016.12.17

"二月花斋"和"曾经沧海"

在我的印章中，象牙不过十几方而已。自己刻过一方，太不满意了。三十年前，要去日本，听说那里是象牙的世界，便临时抱佛脚，请裘国强兄教我。他还送了我许多专刻象牙的印刀。可惜我弄来弄去，不成气候。徐云叔兄一学就会，越刻越好。据说纽约店铺里的象牙印章，因了他的出色创作，竟然把柜台里放了多年的存货全卖光了。

第一方象牙印，材质奇佳，说是血牙，一枝大象牙中只有尖端一小段而已。那是二十岁时，祝遂之兄的尊大人苨梅老伯赐赠的生日礼物。即请叶潞渊丈赐刻了

"讷翁"二字。想想真好笑，年纪小小的便老三老四起了这样的别号。

那时候，我又在为陶冷月丈钤拓他的用印为谱。他赐赠了一方佳材，也是血牙，上面还有一个"猿"的钮首，说是汤邻石镌制的。我便请巨来宗丈赐刻"讷翁"。待他篆好，我问请谁挖底。老前辈一般都不自己挖底的。巨丈说，应小庵天下第一。正巧，小庵哥是青年宫方去疾老师篆刻班的同学，很熟悉的。巨丈精心修治后还说是"平生第一得意"。这方佳作收录在《陈巨来治印墨稿》第一六五页上。

后来，冷月丈又赐赠了两方瓦钮的血牙佳材，说是盛宫保的旧物。据冷丈说，宫保谢世后，遗印堆满了八张大八仙桌，请他当"老娘舅"为几房分割，收得了好几十方谢礼。这两方牙印便是那时得到的，原来的印面已被冷月丈磨去。隔了好些年，已是"文革"的尾巴，我请巨来宗丈篆写了印稿。不久，巨丈溘逝，我便央裘国强兄奏刀。白驹过隙，三十五六年随随便便过去了。日前检出，正巧国强兄来访，便出示相与欣赏。国强兄表示尚可再作修改，以臻完美。

国强兄和我是无倦苦斋的同门，刻了四十年的印章，仍然没有一点"彪劲"，是我很欣赏的老兄弟。修治之后，更为出色，我大满意。但国强兄仍嫌不足，建议请云叔老师再修治润色。他很客气，从前在青年宫蹭过我们几节课，开口徐老师陈老师，实在难为情。

不料经云叔兄一润色，果然更为耀眼。妙在更接近了巨来宗丈。巨丈的作品，尤其是元朱文，我一向把记得起来的最美好的词语都堆砌上了。巨丈的高弟中，云叔、子建二兄和康兄是我最为熟悉的。他们在各自的立场演绎师尊的元朱，达到各自的辉煌。而最为接近巨丈元朱文面目的，敝见云叔兄当为执牛耳者；子建兄和康兄则或在精神，或在气势，别有怀抱。

巨丈篆稿，国强兄奏刀，云叔兄润色的，即附图的"二月花斋"和"曾经沧海"。

巨丈的经典元朱文，篆法、章法和运刀，以区区的水平，佩服得五体投地，提不出半点意见。这方"二月花斋"和平时常见的均匀式不同，求难求奇，三比一。

图一　"二月花斋"印　　　　图二　"曾经沧海"印

这种章法，在巨丈的作品中极为少见。其中"月"字作倒挂状，则对整个印面的平衡起了举足轻重的作用。不是高手，焉能如此。

明末的汪关，是巨丈最为崇拜的前贤。巨丈的白文，很多是汪的翻版。"曾经沧海"可谓明证。汪的白文力追汉印，而以精巧面目出之，堂皇安详。虽然也有评家生微嫌单薄之叹，那是时代的局限，汉印出土不多的局限，无可奈何。现代，尤其是频繁的考古发掘，出土了大量汉印，印刷术又大进步。现在，印刷品简直可以媲美原钤本。即使在尺寸上有一毫米的差异，只要点画忠于原作，对于我们神志清楚的欣赏者，没有人会大惊小怪的。

我们对于汉印的了解，较之汪关时代，有了质的飞跃。以"曾经沧海"为例，虽然巨来丈的分朱布白有明显的汪关遗风，但在云叔、国强二兄的刀下，线条不但挺拔，且有浑厚感。反映出他们对汉印线条的理解远在明人之上。

我觉得，一方印章，篆法和章法都达到了及格线，优劣之关键就在线条。松散、单薄、疲软的线条，绝对撑不起一方成功的作品。

"二月花斋"是区区的书斋名，出自郑板桥"删繁就简三秋树，领异标新二月花"联。这方巨来宗丈精心书篆的元朱文，虽然线条很细，在云叔、国强二兄的努力下，细而挺，细而润，洋溢着中锋的笔趣。大佳，大佳！"曾经沧海"则既不是满白文，也不是细白文。记得从前叶潞渊丈曾经说过，"朱文难，白文更难，不粗不细的白文是最难最难的"。"曾经沧海"恰恰是不粗不细的最难最难的白文。但在云叔、国强二兄的刀下，出现的是精彩，妙不可言的精彩！

2017.1.14

杨庆簪印

　　陈巨来丈为人刻印，受印人辑之为谱，好像只有《盍斋藏印》一部而已。从陈蒙安序和巨丈的跋来看，这位盍斋杨庆簪和巨来宗丈的关系也不是仅为一般而已。不过，杨氏是何许人，我始终也没有问过巨丈。

　　大约十七八年前，在巨鹿路陕西南路口出现过一家拍卖公司。这家公司很有趣，请了一位老先生做顾问。这位老先生更有趣，什么东西经他一看都是的真的真的。一张十分离谱的齐白石画作，别人都说是假的，老先生说，上面不是清清楚楚写着齐白石吗？不是齐白石

47

难道还会是别人吗？这家公司当然开不长久。不过我倒在那里买到过几件小东西。

两方小象牙，巨来宗丈镌刻的"庆簪"和"杨庆簪印"，都是《盍斋藏印》中物。三千元和三千五百元，当时也不算便宜，但真的"的真的真"，且相当精彩。另有一方齐白石的"杨庆簪印"（附图），将军洞白芙蓉，旧钮首，包浆也好。稍贵了一点，好像是一万五千元。

"杨庆簪印"印

齐白石的刻印，我一向佩服，在吴让之、赵撝叔、钱叔盖、吴昌石、黄牧父晚清五大家外别开蹊径。中年以后，以单刀横行燕京，其作章法奇特，线条奇崛，趣味奇佳，北地无人可以匹敌。

想起了一件旧事，那是白杨阿姨告诉我的。一九四九年时，她去北京参加会议，曾去拜谒齐白石老人。那天她在路过的琉璃厂买了一方印石，想请齐老刻印。不料老人家兴致大好，取出一把尺多长的刻刀，木头的刀柄抵在胸口，左手执石，以桌沿为依托，呼呼轧轧，当场演奏。顷刻间"君超白杨"四字便已完成。钤出一看，红红白白煞是动人。白杨夫妇拍手叫好。老人家又取出一柄小刀，在印侧落款，刻了"白白刻"。明显是笔误，把"白石"刻成了"白白"。陪去的朋友悄悄说，请老人家改一下吧。白杨夫妇急忙摇头阻止了。他们觉得老人家已经很累，不好意思再麻烦之。回到上海后，虽然经常拿出给朋友们摩挲欣赏，但多为银幕人物，谁也不想到要钤出看看，阿姨家也没有那么大缸的印泥。转眼到了"文革"，山雨欲来，风势吓人。白杨阿姨和蒋君超丈把这方喜欢之物交给电影厂的一位老工人藏匿。待到雨过天青，大家都还活着，赶紧问老工人此物安在否。第二天，老工人把这方齐白石印谱里都未入载的妙品交还了阿姨，抖抖索索地说，老伴怕事，把你们的名字磨掉了……唉，此石至今仍在人间，"白白刻"，一语成谶。白石翁有先知之明耶！

故事很有趣，丢开情节，光看白石老人的运刀之法，就够惊天动地的。这算是肩力，还是胸力、肚力？搞不明白。反正现在的摹仿者，光用腕力，当然不足以望其项背。

白石老人是天才型的大印家，一般的套路，什么对角呼应呀，密不容针疏可走马呀，早已烂熟胸中。就以这方"杨庆簪印"而言，看似漫不经心，随意为之。仔细一推敲，在在都在法度之中。化刻意为无意，大境界。按理说，白石老人没读过多少书，起步也晚，但悟性这么高，成就如此辉煌，这就是天才。

评论白石老人篆刻的文章汗牛充栋，什么"显示了心灵的大开合"，什么"篆刻构思立意和章法布局的美，显得醇厚老辣，蕴合高古奇崛意象，篆刻中疏密聚散、虚实黑白、巧拙欹正、开合变化的布局意趣，是他诗情书境画意学养的深厚内功在篆刻构思立意取象抒情的章法中的创新运用，也是他运筹帷幄、意匠经营的化机表现"。天哪，不知是哪位大评论家写的，抄得我头都晕了。其实，简单地说，齐山人的篆刻就像是一个快人快语、直爽朴素的老汉，痛痛快快，不骗人。

看"杨庆簪印"，多痛快。那些斜笔的处理，看似随意，却大有匠心。东斜西歪，归于安定。这就是手段，这就是本事。学齐白石的如过江之鲫，不知道有没有人学得皮毛？

此印刻于一九三九年，岁次己卯，时民国二十八年。齐白石在京华。为避日伪人员纠缠，在大门口贴了"白石老人心病复作，停止见客"的告白。那年齐翁七十七岁，但自称七十九岁。盖两年前，听从了算命先生言，为避命运中七十六之厄，七十五岁时便自称七十又七。旧时代的古板人物，有时也很天真。

"杨庆簪"的"簪"，其本字是"兂"，按理说应该刻作"兂"。但姓名印，约定俗成，一般都取现在写法造一篆字。所以白石老人在印侧刻了"兂字从俗"，以说明之。

知道杨氏是何许人，缘于一本《民国第一家》的书。友人介绍说书中写到了蓝妮，而蓝妮当时正在为玫瑰别墅的居住权和有关方面交涉中。而玫瑰别墅就在我家附近，那时正有一个大明星住着，所以附近的居民都关注着。书中有蓝妮的一段记录，说孙科的秘书杨庆簪曾去找她，希望她帮忙说项，以落实政策云。而蓝妮，则是旧上海滩的大美女，孙科的夫人。

2017.2.11

只把春来报

不知道上海现在还有青年宫吗？上世纪六十年代初是有的，而且还是新上海书法篆刻的摇篮。

日前，我邀两位篆刻青年张婷和季溢，陪我步行去寻找那青少年时代的乐土。找到了，江西中路 200 号，现在是交通银行上海市分行营业部。上世纪六十年代早期，那就是上海市青年宫。当时，沈尹默先生长上海市中国书法篆刻研究会，和青年宫闵刚主任一起，办起了新中国第一次书法篆刻班。

教师阵容极为耀眼，胡问遂、任政、赵冷月、拱德邻等先生，俱为一流的书家。篆书班只有一班，由王壮弘先生执教。篆刻班也只有一班，方去疾老师一人执教。

篆刻班每周一课，三月为期，最早是初级班。接着又办了中级班。共有半年之久。从一无所知到略识之无，方老师是我的正式的启蒙老师。那时，老师年轻，才四十上下。那有没有一日为师，终身为父的感觉呢？说老实话，没有，一点也没有。虽然当时我只有十八岁，但家严比方老师大十多岁，所以我视方老师，好像叔叔的感觉，况且老师一无架子。

做老师，是不容易的。有一个度，过了就俗。现在，我也到了可做老师的年岁。倘有人一脸谄笑——陈老师，我拜您为师，一日为师，终身为父，永远忠于您……我会汗毛直竖。太搞笑了，又不是旧社会的草台班子。那时为了一口饭，须找个依靠，遂流行这样的戏文。这种人身依附的陋习，早就应该消失得无影无踪了。现在学学书法篆刻，丰富业余生活，美化社会环境，尊师交友不亦乐乎。为师者则永葆谦虚，教学相长，岂不懿欤。

虽然去疾老师门下有三位印坛大国手：天衡哥、子建兄和一闻兄，但老师从不颐指气使，从不以大师自居。这是我最最佩服老师的地方。

以我自身的经历来说，在蒙难未获平反时，方老师不以我低贱而避之犹恐不及，仍然关怀照顾。一获解决，方老师便把我从十二中学借调到上海书画出版社做他的助手。我永远难忘这一段欲哭无泪的岁月和老师的关爱之情。

方老师的篆刻高度是光辉灿烂的。中晚年想变化，想攀上绝顶，奈健康所限，未能达到他理想的境界。可惜，实在是太可惜了。

方老师虽然终身沉浸在古印研究，却一点也不迂腐。与时俱进，堪为表率。年轻时和吴朴堂、单孝天二位先生合作过《古巴谚语印谱》和《养猪印谱》。虽然其内容"没有养不好的猪，只有养不好猪的人"，今天读来令人忍俊不禁，当时却真的站在时代的前沿。尤其在七十年代初，方老师组织创作以现代字、简体字入印的新印谱，至今仍具现实意义。

　　方老师身体力行，创作过不少简体字新篆刻。这里的"只把春来报"，只是众多创新作品之极为成功者。大家都知道，老师对秦诏版和齐白石的单刀法深有研究。从这方佳作来看，老师对汉简也下过非凡的功夫。而且撷其精华，偏师独出，令人炫目。隶书一般左轻右重，以飞扬的波画向右取势。这方印里，方老师反其道而用之，左重右轻，以左撇取势。与古为徒，不为所囿，别出新裁，得大自由。

"只把春来报"印

　　在老师的年轻时代，他创作过许多秦汉风白文和六朝朱文印，线条浑厚凝炼。当时，无人可以比肩。后来，方老师沉醉于单刀挥写，白文一般以单刀成之。朱文印，老师却未见有齐白石那样一面光洁一面斑驳的线条，大概他不喜欢。这方"只把春来报"，线条浑厚凝炼，和老师秦汉风白文的表现手法如同一辙，古意盎然且充满力量。

上世纪六十年代初，老师的工作单位是朵云轩收购处，在店堂后面的二楼。平时，我们学生也会去探访求教。方老师一向略带微笑，和蔼待人，却也未见大喜大乐之态。那时，上海出版学校的毕业生分配在那里当店员，有好几位女青年，偶尔会遇到她们和方老师交接工作。老师神采奕奕，谈笑风生，和见到我们学生略显不同。老师也是性情中人，很可爱的，绝不作伪君子状。

在上世纪六十年代以前的十来年中，朵云轩的柜台里，只有几本旧印谱旧碑帖和少量的旧印章。有时在柜台上面放一个木盘，有一毛两毛钱的旧印章。我们篆刻班的学员，就在那里和其他古董店买便宜的旧印章磨而刻之。方老师见大家觅石艰辛，便向他的家乡温州青田组织早已歇业的石农，供应 3×3×4 厘米的青田石，两毛钱一方，在朵云轩售卖，质量极佳。后来两毛六、三毛四，一路进步。现在大概要卖十来元一方了，质量却大不如前。当时，方老师还请高式熊丈在其工作的工厂研制生产了刻刀面市。从此，朵云轩开始了新印材和刻刀的供应。这一划时代的现象，是方老师、式熊丈和青田石农不应被今人忘却的贡献。

过几天，是方去疾老师九十五冥诞，谨以此文纪念老师。三月，春天来了。老师，天堂里的花木，也一定绽出新芽了吧！

2017.3.11

徐三庚的"滋畲"

近年来，完全是由于童衍方兄的热心倡导，徐三庚成了印坛大热门。说老实话，这位清代晚期风格强烈、别树一帜的大印家，的确值得我们纪念。

衍方兄策划了大型的徐三庚书画篆刻展，先后在杭州和上海举办，还出版了精美的作品集，真是不遗余力。上海展在豫园，蒙他电话邀我出席研讨会，惭愧极了，其实我对徐三庚的了解十分肤浅，更谈不上研究。但各位同道的剖析，倒令我长了许多知识。

在研讨会上，衍方兄还指示助手把柜里的印章展品，取出让与会者摩挲赏玩。内中的"滋畲"一印（见图），衍方兄特地介绍说，是位上海的年轻朋友不久前从东京拍卖会上拍得，花了六十多万元人民币。大家惊叹久之，我则更是别有一番滋味在心头。

"滋畲"印

因为这方印章，我曾在三十年前就已见过，并钤搨留念。那是刚到日本的年月，有一位同胞留学生找我，想把这方徐三庚印章和其他四五杂印卖给我，希望能卖个五万日元。"滋畲"是名印，大概每一种徐三庚印谱中都会入载的，边款中徐氏还自诩"余最惬意之作"。所以我对那位留学生说，这个印章是不止五万的，估计可值十来万，去卖给经济宽裕一些的朋友吧。另外的几方，石质粗劣，也不是名家作品，不值钱。

她托我帮助找个买家，说洗碗实在太苦，也挣不出学费。八十年代后期，同胞留学生，日本人称"就学生"，成批拥入日本去日本语学校学习日语，准备做正式的留学生。因为语言不济，课余往往在饭店洗碗，一小时六百、七百日元。基本上是没有休息的，洗了两个多小时，四舍五入，就付你两个小时的工资。那位留学生伸出手给我看，浸了几小时的洗涤剂，都涨得发白，腰也累得挺不直。

过不久，正巧有一位日本篆刻家约我"喫茶"，日本人习惯把喝咖啡叫喫茶，咖啡馆叫喫茶店。我便约上那位留学生一起去，建议开价十二万，让对方还价还掉两万，皆大欢喜。不料日本篆刻家与此印极有缘，拿在手中摩挲，舍不得放下。桃花芙蓉的印材，十分可人。我估计他大概在印谱中读到过。那位留学生又是一副楚楚可怜小鸟依人的模样。一分钱也没还价，当场去银行取款机取了十二万日元。

女学生当然欣喜若狂。当时，对初到日本的同胞来说，十二万日元是一笔"巨款"。

不过，倘若那位女学生知道，过了三十年，这方印章竟然变成了一千万日元，不知会作何感想。算来，也应该是近六十的老妇了。

徐三庚的作品，过去我不是太喜欢。先入为主，受了老师们的影响。他们总觉得徐三庚格调不高，扭得厉害。可以这样认为，从清代初期到三四十年前，主流篆刻的确崇尚朴实。比照晚清的吴让之、赵撝叔、黄牧甫、吴昌硕四大家，同为晚清的徐三庚跳跃度是大了一点，朴实不如当时的时流。但是，比起现在千奇百怪的篆刻新风，徐氏应该算是规矩人。

我是这样直视徐氏的。好像是一位美丽的姑娘，漂亮，而且很哆。还好，哆得不恶俗。请看这方"滋畬"，美，大方，一点也不讨人嫌。当然，评家说徐氏让头舒足往往过分，虽然苛刻，却也不是没有一点道理。且看这"水"旁，右边下面的长线条处理得很好，吴带当风，但起笔处却向右添加一笔，向右下伸出一斜线。其本意大概是为了增添舞动感。惜斜线虽短，却加大了"水"和"兹"的距离。乍一看，好像是"兹水"两个字。"滋"字显得松散。拙见是多此一举。

这也给了我们一个重要的启示，小动作必须服从大道理，不能有损文字的完整。不由我想起经历过的无数次的"中国茶道"：穿着唐装的姑娘，手指手臂像跳舞一样在你面前晃动，做出种种令人眼花缭乱而又完全没有必要的动作。天哪，再好的茶，也变得像可乐。

徐三庚是一位和上海关系密切的大印家，晚年定居在本埠。他是浙江上虞人，生于道光六年（一八二六年），卒于光绪十六年（一八九〇年），比吴昌硕大十四岁。徐氏成名很早，江浙之间，声望很高，当时的名画家任伯年、蒲作英等人极为欣赏他的印章，吴昌硕早年也颇受他的影响。

日本人圆山大迂和秋山碧城曾先后在一八七九年和一八八六年特地到中国，师事徐三庚，他们把徐氏印风带回日本宣传推广。徐三庚是对近代日本篆刻产生深刻影响的第一人，日本人还给他拍了一张照片，他是吴昌硕以前的大印家中唯一留下照片的。

徐三庚生前享有大名。衍方兄近年来对徐氏作品的褒扬，还原其一个客观的历史地位，我是十分赞成的。

2017.4.8

安持读书之记

在日本搬迁工作室，翻检旧物，发现了两枚印蜕——美帝是纸老虎、古巴人民必胜。应该是一九六四年的。竟然已经过去了五十多年。是翁闓运丈要我刻的，惭愧惭愧，被邀参加当年书法协会举办的"古巴人民必胜"书法篆刻展览。

那时的协会在永嘉路中国中学对面弄堂里的一幢小洋房。高空蜡地，前面有草地花园，颇为讲究。据说原是无锡荣家的产业。驻会的干部叫杨林，还有一位姓王的女工作人员，其余的几位都是书法名家。经常办公的有翁丈和胡问遂丈。有一次我去探望二丈，快下班了，问遂丈要我陪他去看望钱君匋老师。那时，老师住重庆南路幸福坊，和我家比邻而居。胡丈告诉钱老师，那天他收到出版社两元稿费，非常开心。他们叫他写了两条字"听毛主席话""跟共产党走"。钱老师那天也很高兴，还把写字台抽屉里收藏的一方长方形田黄，拿出给胡丈欣赏。

胡丈写的那两条字，出版社视为对联，大量印刷，尤其在一九六六年以后的十来年里，全中国几乎每家人家都张贴的。

那时的稿费，两三元，也有点可观。记得那年代有一次傍晚去看望巨来宗丈，等了近两个小时他才回来。一进门兴冲冲地说，今天"猛门人"（巨丈给陆俨少丈起的绰号）赚了三块洋钿稿费，我搭张炎夫敲伊竹杠，叫伊勒"天鹅阁"请客吃公司大菜，一块洋钿一客，三个人三块洋钿，吃得蛮开心。

钱老师的那块田黄，常会拿出摸摸，不舍得刻。有一次叶潞渊丈在星期天下午来访，潞丈一般晚上来，在一楼客堂间商谈《中国鈢印源流》的写作，白天来访是我见到的仅有的一次。因此，钱老师延入二楼卧室兼书房欢谈。老师说着说着，掏出了那方田黄，潞丈摩挲一番，赞曰好好。但是，以我对潞丈的熟悉了解，他的"好好"似乎言不由衷。所以我送出弄堂便迫不及待请教究竟。果不其然，"勿对勿对"。

后来，钱老师想奢侈一番，叫我磨平印面。一磨，只听见"吱吱"的尖锐声，无法磨去丁点。老师也大吃一惊。问了裘国强，才知是黄玉。那时，裘兄在玉石雕刻厂雕琢玉器。

再后来，老师叫我带了五元钱和那方黄玉，请陈巨来丈篆写元朱文"无倦苦斋珍藏之记"（图一）（那枚印稿收在《陈巨来治印墨稿》第二页上）。巨丈坚决不收润笔，说"叫钱君匋搭我刻只图章就可以了"。

钱老师一时拿不出印石，我便送上一方打磨得非常漂亮刀感又佳的青田。于是，就诞生了这方"安持读书之记"（图二）。老师在印侧说明"一九六七年国庆后三日，为安持道兄制，君匋"，"是石为推之赠安持者，翌日晨起又记。豫"。是印后来收在《钱刻文艺家印谱》四十页上。

图一 "无倦苦斋 图二 "安持读书之记"印
珍藏之记"印

　　老师的这方印章，允为他的代表作品。既有强烈的汉印风和赵撝叔味，且具现代装饰美。当我把这方佳印呈巨来宗丈时，席上有一位上海外语学院法语专业的女学生，很漂亮，周姓，听说虽是初涉篆刻，却是钱瘦铁先生的再传弟子。宗丈接过印章便呼"超超等，头头等"，又示周氏女，询其感想。女子说，刻的人大概老懂装帧，老有现代味道。宗丈一拍台子，侬讲得邪气对，钱君匋是大名鼎鼎的封面装帧大专家！

　　过了几年，我身陷里面时，有一位同窗的杨兄，是学法语的"反革命学生"，竟然是周氏的同班暗恋者。说起该女的清新脱俗，其沉思良久，翌日犹昏昏然。此情此景仍历历在目。惜彼此平反后未获一见，也不知周女还在奏刀否。

大概十六七年前，这方"安持读书之记"居然出现在上海的一家拍卖行，且流拍了。主持者便拿来希望我买下，好像是三千五百元。可惜四角俱已损坏，原先光光滑滑的青田石碰碰得毛毛糙糙。不过我还是买下了，买回了一段逝去的岁月。

那方巨来宗丈篆写的"无倦苦斋珍藏之记"，钱老师写了一封信令我送去长江刻字厂，请一位权威的刘姓师傅刻制。玉比刀硬，篆刻家自己是无法奏刀的。刻字厂有专门的刻玉机器，应付裕如，是他们的绝活。刘师傅好像是刻字行业的第一号人物，所以颇有点架子。当然，当时我只是一个无籍籍名的小青年，其应该可以倨傲鲜腆的。我连连央求：老师说，千万请您亲自操作……他不耐烦地回答，去告诉钱君匋，放心好了！

刻好后，也是我去取回的。老师钤出一看，摇摇头，"这怎么能用呢"。听裘国强兄说，后来，老师叫他拿去玉石雕刻厂磨而重刻别的内容了。老师还告诉裘兄，上世纪五十年代初，在北京，有天黄昏，友人持此求售，说是田黄，价未谈妥而罢。隔几天黄昏，其又持来，天暗看不清楚，便上当买下了。

2017.5.6

张 纪 恩

　　纪恩老伯是无倦苦斋同门师哥张翔宇的父尊。老伯在一九二五年参加革命，长期受周恩来直接领导，在上海等地进行地下工作。他是君匋钱老师的好友。抗战时期，就曾请钱老师为陈毅刻过对印。可惜，留存的印蜕，老师遍寻不着。

　　新中国成立以后，纪恩老伯在上海工作，和钱老师交往密切。也替他的革命战友求刻。在整个五十年代，钱老师为一张三李刻印最多。其中二位李姓干部即是老伯介绍成了老师的好友。

三李，是李一氓、李仲融、李宇超。一氓先生旧时代在上海从事过文化革命工作，是老师的旧识。李仲融、李宇超二位则是纪恩老伯的战友，都嗜篆刻。仲融先生早年和杨开慧烈士是同一党小组的战友，解放后担任南京大学哲学系主任、教授和南京图书馆馆长。宇超先生早年和纪恩老伯一起，在总理手下搞地下工作。解放后任山东省副省长、华东局秘书长。钱老师为三李均刻过数十方印章，往来很密切。

一张，就是张纪恩老伯。一张三李，指四位老前辈。巧的是"一张"二字也是《新民晚报》张林岚老先生的笔名，而林岚先生是纪恩老伯的堂弟。

张老伯嗜印，尤嗜钱老师的法刻。请刻自己的姓名印、收藏印和闲章也有数十方之多。可惜，一次次的社会变动，大多已不知去向。老伯不但替革命同志代求，且请钱老师为他的父尊、兄弟辈奏刀。一九五六年时，还把在中学求学的翔宇送入钱门，学习艺文。翔宇老哥于绘事大有悟性，过了一年，老师为刻一印，边款曰"翔宇学画有进，刻此贻之"。

张老伯嗜印，于篆刻一道也颇有独特之思想。附图的"张纪恩"即是佳例。此印钱老师以秦印法为之。白文加十字框，是秦印之寻常面目，奇在左下的小框内竟有"君匋刻"三字。审其边拓，是"纪恩兄嘱将款字刻入印面，此为第一次也。乙卯（一九七五年）二月君匋并记"。原应刻在印侧的"君匋刻"三字，应索刻者请，刻在印面上，钱老师是第一次，也是仅有的一次。在五百年篆刻史上，好像也是唯一。我估计，张老伯是研读过吴让之印谱的，所以会提出这个绝妙的要求。

"张纪恩"印

就印论印，此印令人眼睛一亮。不但结构严谨，线条挺拔，且古意盎然。既富书卷气，又饶金石气。区区论印，窃以为此二气极为重要。回顾历代大师的印作，皆有二气在焉。当然，那时的士人是读四书五经的，识得雅俗。笔底刀下，自然而然充溢雅致。又普遍读过《说文》，临、观各种碑帖，懂得什么叫金石味。现代的我们一辈，更遑论时髦青年，当然望尘莫及。知道不足，不怕，努力赶上，耐寂寞，多读点有用的古书，多研习经典的碑帖，自然会进步向上。莫名其妙自满自足，自吹自擂，徒得一气耳——俗气。

钱老师是多产作家，据其晚年自己统计，刻印当在两万上下。最近，我和裘国强兄受命编辑钱老师的印谱，遍向友人征集老师的印作。翔宇老哥和海天兄昆仲保存着钱老师为其家属所刻的十七印。珍贵的是，均为其一门四代所刻制。钱老师为一家四代人刻印，没有第二例。

第一代是爽夫公，纪恩老伯的父尊，前清秀才。清末民初，在其家乡金华府浦江县创办了第一所新式学校。现在的三联书店，是由邹韬奋等前辈创立的生活书店、读书出版社、新知书店的合作体。"生活·读书·新知"六字为手写体，由三位前辈文人分别书写，其中"新知"二字是爽夫公手笔，时在新中国成立以前。那时，纪恩老伯在三联书店从事地下工作。

第二代是纪恩老伯和其嫡堂兄弟张书旂先生。张氏一门出过大画家大文人，复旦大学前辈名教授张世禄先生，也是纪恩老伯的嫡堂兄弟。在老伯这一代中，张书旂大概是最为显赫的一位。在旧时代，大学林立，满街教授，在很长一段时期中，部颁美术教授，据说只有张书旂、徐悲鸿二位而已。一九四四年底、一九四五年初，二战即将结束，同盟国已经看到胜利的曙光，又逢美国罗斯福总统连任，张书旂受命绘《百鸽图》，蒋介石题字，作为国礼，奉献罗斯福总统。蒋的题字，上款写"罗大总统"，也颇为有趣。

第三代是翔宇老哥。除了姓名印，还请老师刻了"荣荣窗下兰"等闲章。老哥擅写兰竹，趣味甚为高雅。是无倦苦斋同门的大师哥。

第四代是翔宇老哥的女公子，家学渊源、工隶书。钱老师赐刻姓名印鼓励之。

纪恩老伯是老革命，是文化人，和钱瘦铁、唐云、程十发等先生均有密切交往。二〇〇八年，老伯以百二高寿逝于上海。早年，老伯曾是中央特科、红队的成员，倒也并不全是打打杀杀，还做了许多文化工作。一九三八年中文版的《西行漫记》翻译出版，他是主持者之一。听老伯说，当时经费奇缺，此书是以预定，先收书款的方式才得以出版的。

2017.6.3

人生只合住湖州

今年是白龙山人王一亭先生诞生一百五十周年。先生名震，是近代上海的传奇人物。既是大书画家，又是虔诚的佛门居士。尤其在他的中晚年，除了创作了大量的书画作品，参与了一系列重大的佛教活动，还热情投身于慈善公益事业，是一位值得纪念的历史人物。

在他的书画作品上，钤盖的印章多为吴昌硕公的杰构，光辉夺目。"人生只合住湖州"（图一），系吴公七十一岁时的佳作。据说吴公晚年很少独立完成篆刻作品，多假手于他人。可能是因为书画创作太忙，可能是刻印太费目力，总之老人家的晚年作，相当多是妻子、学生等人代为。

图一　"人生只合住湖州"印

举一个例子吧。著名的五厘米见方的"双忽雷阁内史书记童嬛柳嬝掌记印信"（图二），两面长跋，很多吴公印谱中收录了这方巨印。因是委人代刀的，代刀者又不高明，所以结构松散，线条疲软，殊少感染力，很难说是一方成功的作品，虽然委刻者是大名鼎鼎的刘蕙石。明眼读者其实不难断定，如果是吴公亲为，会绝对精彩。

图二　"双忽雷阁内史书记童嬛柳嬟掌记印信"印

　　那么这方"人生只合住湖州"呢？一亭先生得到过吴公的许多印章，尤其是巨印，多为动人之作。其他如"鲜鲜霜中菊""鹤舞"，美哉，美哉！据许多研究者言，为王公所刻的也大多是委人代刀的。倘这方"人生只合住湖州"系代刀作品，我斗胆推想，布字是吴公亲为，所以篆法、章法俱为一流。而且，一定经吴公最后润色。难怪既有书卷气，又富金石气，是成功之作。虽然，仍有逊于其中年时代的辉煌作。

　　吴昌硕公印作的印边，往往把重心压在下部。就这方佳作来说，上、左、右均细而轻，下部粗而重，显得极为稳重。这是他常用的套路，不失印边处理的好方法。

历史上，在篆书作为通行文字使用的时代，没有"住"字。汉代编成的篆字标准字典《说文解字》中也不收"住"字。传统的，比较保守的篆书、篆刻家，往往都取"佢"或"驻"代替"住"字。所以，有些印谱释作"人生只合驻湖州"是欠妥的。

"人生只合住湖州"是宋末元初诗人戴表元《湖州》诗中的佳句——"行遍江南清丽地，人生只合住湖州"。好诗句向来明白如话，含意隽永。诘屈聱牙的怪句，难入法家法眼。篆刻和格律诗异曲同工，道理是一样的。仰望晚清四大家的作品，仰望来楚生丈、陈巨来丈等大印家的作品，无不明白如话而孕万千丘壑。光怪陆离的篆书篆刻，行不得也哥哥。

王一亭先生是湖州人，长期客居上海。他的旧居"梓园"，虽已衰微破败，有"七十二家房客"，但仍在城南旧城区，仍未被辟为名人故居纪念馆，也许是历史老人的一个疏忽。以他的身份来说，除去艺术上的造诣，也相当显赫：是同盟会的老会员；担任过大革命时期国民党上海分部的部长；连任过上海商会的会长……尤为可贵的是，虽然他和日本的关系千丝万缕，吴昌硕公在日本的首次书画展即是他操办的，一九三七年日寇侵占上海，一亭先生秉守民族气节，坚拒伪职。了不起。所以他逝世后，当时的国民政府明令褒扬公葬。

他的书画作品，至今仍受藏家热捧。画风属粗犷一路，其为人却很低调，热衷于慈善事业，喜欢帮人。晚年好像腿脚不良于行。我曾听张大伟兄在唐炼百丈头像揭幕式的座谈会上，说起唐丈早年的一件轶事：唐丈曾持老师函件去求一亭先生法绘。进了王宅，见老先生正由一个高大的佣仆背下楼梯。见了信札，复返了楼上。须臾画就，仍由高大者驮下楼梯交付之。这个贴身佣仆，名叫丁福。大伟兄是唐丈高弟，听唐丈亲口告诉的。后来，有研究近代画史的朋友说，这个丁福，是有点神秘值得研究的人物。可惜，区区对野史兴趣不大。

一亭先生和昌硕公的关系是相当密切的。对于耆宿，一亭先生汲取了许多营养。昌硕公对之也非常眷顾，赐刻的印章既多且美。二公之情谊可为表率。吴公仙逝后大殓时，一亭先生果断介入，帮助解决了子孙析产纠纷。又把吴公托其保管的私房钱数十万银元，悉移交给毫不知情的吴公仅存之子东迈先生……

当然，就艺术一道，一亭先生虽臻辉煌，昌硕公则更为辉煌。我是吴氏艺术的崇拜者，尤其崇拜吴公篆刻。偶尔也会学他的印风，难免画虎之憾。但是，通过学习，能更深入理解其过人之处，体会其苦心孤诣之诚。自然，一位旧时代的艺术家，自有时代的烙印，不必求全责备。我看现在有些传记，追求高大全，把吴公描成杨子荣一类人物，则大可不必矣。日本人非常佩服吴公，他们笔下的两件小事，倒也有趣得紧，丝毫无损吴公的光辉：一是缶庐的来历是因为得到友人相赠的古缶，据日本人考，是为赝鼎；二是吴公晚年，喜爱家里的丫头，不料该丫头逃走了，吴公伤心哭泣对邻人说"我情深，她一往……"，挺可爱的。

2017.6.30

画　奴

　　至少有四十五年了。那时光，徐云叔兄、吴子建兄我们仨，骑着自行车，自由自在地交往。写字、刻印，忙得不亦乐乎。

　　有一位潘德侯兄，和我们一样，都是小青年。他是学西画的，对书法篆刻没有兴趣。见我们用来刻印的石头并不富裕，便说家里床底下有一包报纸包着的破石头，可以送给我们刻刻练习。云叔兄跟他去了。打开一看，石头有二十四方之多，全部是吴昌硕作品，内中最大的一方便是"画奴"（图一）。云叔兄大吃一惊，告诉潘兄，"破石头"全是吴昌硕的真品，万万不可随便磨掉的。

图一 "画奴"印

因缘际会，我们便都借回家中，钤拓摩挲，欣赏学习。除了"画奴"，其余二十三方全是昌硕公为潘兄的祖父祥生公奏刀的，而且有不少是印谱中失载的。

潘家是湖州人，和昌硕公为同乡。潘兄的祖父乃丝绸富贾，据说从前其家到处悬挂昌硕公的字画。所以请其赐刻一些印章也属平常。以我们见到的原印而论，其实因为很少钤用，所以都保存着昌硕公刻成时的生辣模样，比起常见的，因频频使用而耗损的，何啻天上人间之差异。

这批印章，最早的是刻于光绪十二年的"画奴"，时昌硕公四十三岁。此印两面长跋，上款"伯年先生"，竟然是任伯年用印。应我们的请求，潘兄询问了家中长辈，才知此印是其祖父在地摊收得。当时曾请昌硕公确认，昌硕公还修治一番。后来，我曾在昌硕公手钤的《削觚庐印存》中见到此印的初拓本，比现在要略略粗壮，尤其是印边。怪不得，当我把此印的钤拓本送给去疾方老师欣赏时，老师说"靠不住"。想来老师见过《削觚庐印存》，与印象中不同，故有疑惑。其实，经过其他前辈的赏鉴和区区多年的研究，不但真而精，且可尊为昌硕公之代表作。

朴厚稳重大方，是"画奴"的特点。印品一如人品，堂堂正正，是谓上品。昌硕公刻制此印时，正是其篆刻的辉煌期。强烈的个人风格已经形成，把石鼓文和秦汉封泥印融为一炉，应用已极为娴熟，开创了与赵之谦、吴让之、黄牧父交相辉映的全新面目，影响了一代又一代的篆刻学习者。

一枚印章，小小的天地，但是评论家往往都冠以"大大的世界"。是啊，小小的天地里变化万端。同样的两个字，一百个人也许有一百种安排。成功与否，是作者的修养所决定的。除了文字学、篆书功力、布局能力和运刀等等因素的制约，更重要的是古文化的厚度。

月前拜谒高式熊丈，他谈到前不久，一个单位收得其父尊高振霄太史公的几册日记，派了博士带了电脑求其诠释。说了老半天，博士也听不懂。这就是一个厚度问题，古文化的厚度够不够的问题。式丈从小接受庭训，读了许多古书。在我熟悉的式丈一辈的篆刻家中，他是少见的读过四书五经的一位儒者。所以，他在写字刻印时，漫不经心题段跋语，都会令人击节赞叹。心中有厚度，我们这一代人是远远不及的。倘若不自以为是，肯在得意之余，补读点古书，就会少犯很多错误，少做很多俗事。一位老朋友，得到了其父尊遗下的一本墨迹，发在网上，说"家君"如何如何。一位大名鼎鼎的圈内闻人马上点赞，说"家君的字写得真好啊！"年纪一大把的大名家，不是初涉艺事的小鲜肉，犯这样的错误，真的很可悲。唉！

"画奴"的跋语极佳——伯年先生画得奇趣，求者踵接，无片刻暇。改号"画奴"，善自比也。苦铁铭之曰：画水风雷起，画石变相鬼，人或非之，而画奴不耻。惜哉，世无萧颖士！光绪丙戌冬十一月，薄游沪上。按：萧颖士乃唐代名士，乐闻人善，以推引后进为己任，名重当时。

"画奴"以外的二十三印，朱朱白白，各具精彩。尤其是两方高难度的多字印，精妙绝伦。呈上一方请读者诸君共赏。印文是"吴兴潘氏怡怡室收藏金石书画之印"（图二），昌硕公五十六岁时的杰构。边款有"于役津门"语，原来那年曾在天津工作。此印十五字参差谐和，浑然天趣，一气呵成。既像一首优美的歌曲，又如铿锵合辙的格律诗。不是超一流高手，焉能成此。

昌硕公为祥生公创作的这二十三方佳作，始于光绪二十一年，终于光绪二十六年，是其五十二岁至五十七岁时的作品。那个时期，包括"画奴"的四十三岁前

图二　"吴兴潘氏怡怡室收藏金石书画之印"印

后，是昌硕公篆刻创作的鼎盛期，即所谓的《削觚庐印存》时期。去疾方老师曾说过，这是吴昌硕产生代表作品的时期。以这二十四方验之，方老师的论断是十分准确的。

潘德侯兄后来从来楚丈游，沉醉在楚丈的艺术世界，得到过楚丈赐刻的百多印章。岁月不居，俱垂垂老矣。三十多年未见，也不知这批印章现在何处。

2017.7.29

苏若瑚印、器父

晚清有一位极为普通的文人——苏若瑚，虽能书画，极一般，没有大成就。因为请大印家黄牧甫刻制了不少印章，且精美绝伦，所以在篆刻界，说起苏若瑚，倒没有人不知道的。

说他普通，也有一点点不普通，也是有一点名气的，不过是地方名士罢了，在其老家广东顺德一带。其中过举，中年以后设帐授徒，教了许多学生。

旧时代，许多文人倘没有外出做官，或倦游息志，或者致仕，往往是回老家教书。

先祖母的父尊是在宁波镇海设塾的，比苏先生更普通。宁波陋俗，女孩子是不读书的。先祖母小时候，坐着小板凳，在庭园里，惯听塾里的朗朗书声。先祖母大字不识一个，竟能背诵几十篇古文。先严幼年时，先祖母不会唱歌，是背着诗文哄小孩入睡的，抑扬顿挫，像歌曲一样。所以先严很小的时候，便会背诵《桃花源记》等陶文。可以说是塾外侠事了。

苏若瑚的好印章，为篆刻界熟悉的，有一十五方之多。其中一方印石两面皆刻，所以有一十六个印面，俱为黄牧甫的得意作。

上世纪六十年代前期，君匋钱老师交给我一百六十元钱，令我去虹口找一位苏老先生。我骑车找到了那家人家，沿马路的一间暗乎乎的屋子。递上现金，他慢慢地数了数，交给我一包用报纸包着的印章。就是苏若瑚的一十五个黄牧甫作品。我始终没有看清他的脸。他是苏若瑚的儿子还是孙子，钱老师也搞不清。

后来听童衍方兄说起，是他先见到了这一批印章。衍兄早年便十分用功，常在路边小凳上练字刻印。被那位住在附近的苏先生看到了，主动把这些黄牧甫作品借予欣赏。

再后来，听吴天祥兄说，苏先生也把这批印章借给他欣赏钤拓。也是因为住得近，遂有了这段因缘。天祥兄告诉了钱老师，老师顿起罗致之意，也终于如愿，以十元一个印面的代价收得。在此前不久，钱老师刚从广州一位黄姓手中购到百多黄牧甫印章，也是十元一印面，因为有两面印，便产生了一石廿元的特例。

近谒式熊高丈，说起了这批印章，讵知式熊丈竟在弱冠时，即距今六十余年前就已把玩钤拓。因为苏若瑚的哲嗣宝盉（字幼宰）曾在礼部为官，是式丈父尊在京城当翰林公时的好友。清亡以后，俱居海上，高府在乍浦路，苏宅在河南路，拐个弯而已。苏宝盉且在河南路上设"冬心书室"塾，教授国文。因为他学问很好，是在前清受的教育，我猜想，比起现在流行的"国学"，大概要"国"得多了。式熊丈和苏宝盉的儿子们年龄仿佛，往来频繁。其中苏文擢，后来在香港中文大学任教授，是饮誉南国文坛的大诗人。

我碰到过的苏先生，算来应是苏若瑚的孙辈，好像是退休的中学老师。

　　黄牧甫为苏若瑚奏刀的这批印章，几乎都是四十多岁年富力强时的杰作，无一不精。"苏若瑚印、器父"（见图）对印是四十三岁时在广州所刻。那时，黄氏在吴大澂、梁鼎芬等大金石家的身边受益良多，已经进入篆书篆刻创作的辉煌期。

"苏若瑚印、器父"对印

　　"苏若瑚印"是取法汉代铸印的。平方正直，庄严遒炼。黄氏的这一类作品，文字一般都取最最平常的写法，不屑以奇形怪状骇世。这大概就是所谓的大师风范。其实做人也是一样的道理。记得有一次聚会，刘一闻兄和我邻座，同桌有一位着奇怪唐装的人物，不知为何方神圣。询之一闻兄，回答极妙，"画家。看他的衣裳就知道了他的艺术水平"。我差点喷饭大笑。

"苏若瑚印"的文字虽然普普通通，但是黄牧甫使用独特的运刀法，使之挺劲，使之敦厚，使之浑古，使之魅力四射。这也大概就是大师风范。这里，大师告诉了我们一个道理——忌用怪字。我觉得艺术的标准千古不易，始终以大大方方为上。真是佳人，用得着挂七八个耳环，用得着搔首弄姿吗？

"器父"是苏氏的表字，也作器甫。"甫、父"古时相通。这方朱文取金文入印。金文即通常所说的钟鼎文、大篆，也称籀文。文字古奥，采之入印，极有趣味。黄牧甫对金文深有研究，其金文风书法也达到至今无人超越的高度。他的金文印远迈前人，开辟了新境界。此印所取的文字，也是大大方方的金文，略作协调，便安排得妥妥帖帖，既倜傥风流又安详妍美。尤其是四个"口"，直如大珠小珠落玉盘。

简言之，这一对印章，"苏若瑚印"赢得雄浑，"器父"得古雅二字，允为黄氏的代表作。

黄牧甫的篆刻，在晚清四大家中，是我最为喜欢的，也经常学用其套路。不过，经验告诉我，翻版他的面目往往吃力不讨好。他过于强大，我们做不到。学用他对待古印的态度，反而能得到更多的收获。

　　篆刻的技巧，晚清的吴让之、赵之谦、吴昌硕以及黄牧甫俱演绎得非常成熟。学习篆刻，从晚清四大家中选择一家入手，上追秦汉，是事半功倍的好方法。但是，要领是"上追秦汉"。倘始终在晚清诸家中讨生活，甚至到晚清以后的民国诸家中讨生活，路往往会越来越窄，难以自拔。

　　黄牧甫年轻时学过吴让之，学过赵之谦，他始终坚持的是"上追秦汉"乃至三代。底蕴深厚，才能出新，才有可能成为大师。清代最后期，能和吴昌硕相颉颃的，除了黄牧甫，能找出第二个吗？

2017.8.26

曹汝霖印

　　案头有一本旧印谱，钤有五十余方印蜕。书口有"北平荣宝斋藏版"字样，看来原先是旧时代荣宝斋售卖的现成空白印谱，供人随便钤用，极方便的。现在北京荣宝斋和上海的宣纸文房铺也还在供应这种空白印谱。使用的确是很方便，省掉了装订工序。但是，我们篆刻人不喜欢用这种现成印谱收录自己的作品，因为很难钤盖出令人满意的印蜕。

　　不要嫌我们自吹自擂，不会刻印的人一般不可能钤盖出可供欣赏的印蜕，而且也不是每一个会刻印的都能钤好。

我们钤印时，一枚够格的专用连史纸，蘸上够格的印泥，把连史纸放在玻璃上，至多垫一枚卡片，就这样钤盖。当然，怎样的纸，怎样的印泥，印泥又是否经常翻搅，蘸多少印泥才合适，钤盖时如何发力，名堂多了去了。

电视里有时见到"书法家"，得意洋洋，涂了一张"作品"，落款盖印，宣纸下是厚软的毛毡，拿起印章还要哈口气，太滑稽了。

敝斋的这本印谱，钤盖得不敢恭维，但是内容绝对精彩。内中有一对可以断定是赵叔孺公的作品，其余大多是王福庵公的作品，包括这方白文"曹汝霖印"（图）。而且谱中还收录了十来方曹氏的印章。除了名印，尚有"觉盦"等字号印。

"曹汝霖印、济甫"对印

曹汝霖，民初集交通总长、财政总长、交通银行总理等要职于一身，但几次丧权辱国，向日本借款，为清流所不齿。他是"五四"运动讨伐的对象。

无巧不成书，这方"曹汝霖印"流到日本，竟然被我见到了。那时年轻气盛，以重值罗致入囊，欣喜异常。平心而论，在王福庵公的作品中，虽是其寻常家数，但四平八稳，堂堂正正，的确是佳作。且石质上佳，为桃花芙蓉，覆斗钮首。据敝斋的那本印谱载，此印与朱文"济甫"（图）为偶。真希望"济甫"也有面世亮相的一天。

王福庵公是近现代书法和篆刻的巨擘，他的小篆令人钦佩。尽管有些评家讥笑他的篆书是"描"出来的，但是区区站在篆书爱好者的立场，由衷地赞叹福公的篆书严谨隽美，常人难以企及，至今也没有后继者。尤其是他篆写的《说文部首》，珠圆玉润，已成为经典，是学篆者的必修范本。

福公的篆刻，在吴昌硕谢世后，和赵叔孺公并称海上双杰。福公的多字朱文，章法妥妥帖帖，简直无懈可击，备受法家高评。稍感遗憾的是，福公的白文印，总觉得有点疲软。其实也不应该苛求之，因为他中年时开关电扇不幸触电伤脑，曾卧床休养两年，此后伏案稍久即头晕目眩。他的篆刻辉煌期是在半百定居上海后，可惜只能仰卧藤榻，右手执刀，左手握石，朝天奏刀。当然，这会影响运刀的力度。白文印尤其讲究刀法，受到不利的影响更多。如果，倘若真能如果，那王福公绝对不会仅仅和赵叔公比肩而已。

福公的人品备受赞扬。我只见过他一次，是在襄阳公园里，那里我只有十五六岁。父亲遥指一位老先生说是大名鼎鼎的王福庵公公。过了一两年他就下世了。对福公生平的了解，大多是听叶潞渊丈叙述的。

潞丈还说起过一件笑话——旧时代一位大书法家，以隶书名世，称珍藏着十多斤重的大田黄，福公携潞丈前往欣赏。大书家从八仙桌底下拎出一只黑绒线编织的大袋，蜕去绒线袋，露出了大石头。福公含笑点头，说了几声"好"，不拂主人的雅意。走出门外，对潞丈也仅仅是摇了摇头而已。

王福庵公是西泠印社的创始四杰之一，时髦的说法是缔造者。四位前辈，或出力，或出资，或捐地，已是一百多年前的故事了。稀奇的是，成立了十年都没人争当社长。四人中，当时福公的成就最高，但丝毫没有舍我其谁的妄念。比比今天的艺坛，怎不教人汗颜。

"曹汝霖印"，款署"乙亥三月"，时一九三五年，福公五十又五。算来，已经定居在上海四明邨了。曹氏用印，二十多年前我在广东路文物商店见到一批，说是抄家物品。曹氏的老屋在南市，听说至今还在，好像还有楠木大厅。大概是从那里散出的吧。我挑选了几个收入囊中，远不如这一方出色。曹氏晚年住在美国，逝于彼岸。据说"五四"以后他离开政治，且改号"觉庵"。有悔思耶？不敢乱猜。

王福庵公的名、号，都有特别处。名"禔"，一般人不敢乱读。叶潞渊丈、巨来宗丈等老一代都读"ti"，查了字典，才知还可以读（zhī）。电视剧里读"爱新觉罗·胤禔（shì）"，则不知有何出处。福公的"庵"，通"盦"，古代也可写作"厂"，和简体字工厂的"厂"一模一样。福公中年以后，喜署名"福厂"。我在日本碰到过一位做瓶瓶罐罐古董生意的上海人，曾兴奋地告诉我，收到了一只王福厂（chǎng）的图章。人都会进步的，那位老兄已是东京拍卖大鳄，数钱都忙不过来了。

2017.9.23

二十八将军印斋和十六金符斋

这两方书斋印，是晚清重臣吴大澂的爱物。篆刻者是清末殿堂级的大师吴昌硕和黄牧甫。

吴大澂曾任广东和湖南的巡抚。在我们心目中，他有更为耀眼的身份，是一位杰出的金石家和篆书书法家。所谓金石家，是指对青铜（金）器文字，即金文，和碑碣文字以及相关联的古文字和器铭深有研究的专家。在过去的一段长时期，社会上往往把篆刻家、金石家混为一谈。西泠印社前社长沙孟海先生深不以为然，曾发起讨论，厘定篆刻家专指刻印，而且是篆刻艺术的专家。当然，杰出的篆刻家一定也是金石家，但金石家并不一定会操刀刻印。这以后，金石家和篆刻家的含义明确，并为业界欣然接受。

吴大澂为上海人熟知的另一个原因，是因为他乃画坛巨擘吴湖帆的祖父。其实，湖帆先生是吴大澂的兄长吴大根的嫡孙。由于吴大澂之子早夭，便与吴大根共嗣，兄弟同一孙，吴湖帆为两房兼祧子。因为的为吴家血脉，所以也不存在可否入谱的问题。

家谱，旧时代是非常重视的，隔几十年便需重修，一房一房的子嗣情况，清清楚楚。现在大陆地区似乎已不流行。因为修谱的两条铁律，已为新时代所不容：一是女子不可入谱，这有点荒唐；二是为保血脉之纯正，螟蛉子不准入谱，而现代法律是养子婚生子的权益几乎相等。当然，过去也有极少数的例外。以一百多年前吴昌硕监修的吴氏家谱为例，有螟蛉子因为至孝，代替义父去边关服役，感人至深，所以许其入谱。

图一的"二十八将军印斋"是吴昌硕作品，系其中年辉煌期的力作。将军印，这里指的是汉代将军印，吴

大澂藏有二十八方之多，因以名室自炫。汉代的印章多为铸印，从容从事，可用可赏。惟兵将往往要面对遽发事件，匆匆开拔，来不及铸印付发，于是就在原先准备的铜印毛坯上凿刻。急就而成，难免草率，文字也不克齐整。不过，当时的专业工匠，篆书的修养极为了得，即使是急就章，却天趣横生。现今发现的汉印中，铸印的数量极为惊人，甚至有一人收藏成千上万的，但将军印却极为少见，名收藏家，也往往仅有数方而已。贵为巡抚大人的吴大澂，罗致汉印千百，将军印仅二十又八。

图一 "二十八将军印斋"印

这个内容，吴大澂请数人刻过。吴昌硕的这一方，鉴家都以为是镇斋之宝。也实在是精彩，暗用了汉代将军印之急就面目，线条利索，以气势胜，痛快淋漓。章法上看似寻常而蕴匠机。"二十八"作一行，处处留红。"将军"二字密密实实。中实是章法之要点。倘左边的"印斋"二字也充实无虚，则成为左、中实而右虚，缺乏安定感，需要另辟蹊径解决之。昌硕公弃"斋"字的严实繁复写法，采用简单的古字，使之留红，与右边呼应平衡，效果大佳。大师的本领就在于不经意处留意，不着力处用力。

这方印，在印刷本的吴氏印谱中，都失真不理想，大概是母本钤盖失当所致。七八十年前，陈巨来丈曾向吴湖帆先生借揭，是巨丈亲手钤盖的，精美异常。日前，请巨丈的后人孙君辉君特地检出复印惠我，即附图的面目。佳钤本，微妙毕现矣。

此印的落款仅"俊卿刻"三字。不要小看这三个字，却透出了很多信息。吴公初名"俊"，又名"俊卿"。落款用名，不用字和号，尊重受印者是上司，或长者，或前辈……旧时的惯例，书画篆刻之署名大有讲究。一般而言，对上用名，平辈用字，对后辈或子女用号。还有，现在流行直呼姓名，我收到他人的赠作，往往是"陈茗屋先生雅正"之类。向来的规矩是仅用名、字、号相称的，即使加上姓，作"茗屋陈先生雅正"，也要得体得多。

图二的"十六金符斋"与"二十八将军印斋"一朱一白，但风格和处理手法各臻微妙。作者是黄牧甫，他与吴昌硕是同代人，小五岁而已。但没有资料显示他们曾经晤面，却都与吴大澂有相当密切的交集。

图二 "十六金符斋"印

黄牧甫的印作面目是光洁挺拔。"十六金符斋"显示着他的成熟的风格。边款上也未具年月，从风格而言，可断为中年时代的佳作。边款的措词很客气——"清卿中丞大人钧正，黄士陵谨刻"。中丞，古指御史，清代抚省者往往都有右都御史衔，所以可称中丞大人。清卿为吴大澂的表字，士陵为黄牧甫之名，上曰钧正，下署谨刻，尊卑有序，清代是不可神志无主的。

金符，这里指帝王授予臣属的信物，包括领兵统帅的铜虎符、金符牌等物。古金符上都有文字，也是金石家的罗致之物。吴大澂搜集到十六品。

这方"十六金符斋"的文字是黄牧甫擅长的金文风小篆。章法奇特，左实而右虚，实在是很难奏效。但是，请看"符"的人旁，轻轻一弯，留出空当透气，实中现虚，与右面的"十六"呼应。印中的横笔，全部拉足拉挺，而"六"字看似不经意地叉开，却造成如柱子般的稳定。唉，大师的本领就在于不经意处留意，不着力处用力。

除了吴昌硕和黄牧甫，吴大澂还请另一位殿堂级的大师，比吴、黄略早的吴让之奏刀。一生中竟然和三位印坛大师有缘，怎不教人羡慕不已！

2017.10.21

砚山丙辰后作

　　敝斋案头长置一部《传朴堂藏印菁华》。虽然少了一卷，只有十一卷，由于内容精彩，钤拓精良，倒是我常常翻阅的资料。更由于是我收藏的第一部原拓印谱，从情感上说，也格外宝爱之。

　　这部印谱，是一九六二年参加市青年宫方去疾老师的篆刻班后，在南京路朵云轩中购得的，当时是二十元。售我的店员是龚馥祥老人。龚老说，虽然少了一卷，不过那一卷是小名家的，不碍事，如是十二卷全本，要卖二十四元。

六十年代初期，售卖碑帖、印谱、毛笔的柜台上是二位老店员。另一位是华镜泉老人，钤印拓款大名鼎鼎。他也对外服务，拓边款一面五分钱。二位老店员都是从事这一行业的老资格，听他们说说从前如何如何，皆是书画界的掌故。我喜欢听他们聊天，往往在柜台前一站老半天。他们走后，是一位天津人陈先生，不大善于交谈。他以后是一位莫先生，不大有笑容的。再以后是一茬一茬的年轻人，更没有什么可聊的了。

在青年宫篆刻班上，方老师常会带几方吴让之等大名家的原作，给我们欣赏学习。老师对吴让之的刀法赞不绝口。吴氏运刀角度较大，坡面往往在四十五度左右，与大多数执着于九十度坡面的历来印家不同。方老师用他自己的刻刀在吴让之的原作上比划示范，还原其运刀的角度、强调其运刀之高妙。还要我们学员也拿着吴让之原作，用刻刀比划领会。现在想来，真是奢侈得一塌糊涂。

方老师的兄长节庵先生，旧时代经营"宣和印社"，主持过《苦铁印选》《晚清四大家印谱》等大部头原拓印谱的出品。因为英年早逝，这些印谱的扫尾工作听说都是去疾老师完成的。在青年宫的篆刻学习班上，老师还常常带来这些原拓印谱的散叶，供大家学习。印象至为深刻的是吴让之的朱文印"砚山丙辰后作"（图一）。方老师击节称赏。说线条的爽利，是我们追求的方向。老师还盛赞这方印章上残留的邓石如边款。此印原为邓氏的作品，印侧有"芳草有情，夕阳无语，雁横南浦，人倚西楼"十六个大隶书。可惜邓氏的印面已被人磨去，汪砚山得到这方印石，便请吴让之镌刻"砚山丙辰后作"。吴氏复在印顶落款——完翁旧刻，为人磨去，砚山得石，熙载重镌（邓石如号完白山人，故称完翁；吴让之原名廷飏，字熙载，后以字行，改字让之）。方

图一　"砚山丙辰后作"印

老师说，邓石如的这十六个字不但运刀爽利，而且浑厚，是我们学习的榜样。并一再强调，邓氏吴氏一脉相承。更要我们去古籍书店购买《邓石如篆书十五种》，刻苦习写邓氏的篆书。

也实在是有缘。当龚老向我介绍《传朴堂藏印菁华》时，我拿起一翻，竟然就是方老师赞美不已的"砚山丙辰后作"。所以得到这部印谱，虽然只有十八九岁，也远未入门，却欣喜雀跃，开心极了。

吴让之是晚清的大印家，生活在道光、咸丰、同治年间。他是邓石如的再传弟子。稍后的吴昌硕、黄牧甫皆深受其影响。他是"以书入印"的杰出代表。从这方印作可深刻体会其篆书的无与伦比的功力和魅力，优美到极致。可惜，六十年代时买不到吴让之的篆书字帖。《邓石如篆书十五种》也是旧时代的线装石印本，只有在古籍书店才偶尔可以淘到。

传朴堂是旧时代大金石家大收藏家葛昌楹兄弟的斋名。其收藏的印谱和历代名人刻印，既多且精，称江南第一。葛氏平湖人，葛家创办了平湖的第一所新式学堂，也以四十万卷的藏书闻名遐迩。一九二五年葛昌楹兄弟在二千多钮藏印中精选四百钮，拓成十二卷本《传朴堂藏印菁华》。皇皇巨著收录了明代中叶至清末一百二十多位印人的佳作。内容之精彩，远胜以往的名人印谱，是篆刻史上的重要史料。一九三七年，平湖遭日寇轰炸，学校和传朴堂均化为灰烬。在瓦砾堆中仅检拾出数百钮而已。这以后，葛氏会同其他名藏家，又辑成了《丁丑劫余印存》，也是一部划时代的巨著。

葛昌楹字书徵，与王福庵、丁辅之等名印家名金石家相友善。可惜其后人却没有承继者。有一位女儿葛露茜，虽然不能奏刀，倒也为我们宁波篆刻界所熟悉。其女，即葛昌楹的外孙女夏梦，是赢得全世界华人都崇拜的大影星，听说金庸小说中的美女主角都以她为蓝本。

葛昌楹是收藏印章的巨擘，目力当然极为老辣。但是难免也有智者之失。他曾收到一批犀角象牙古玉的旧印，多历史名人，"文天祥印"（图二）即为其中之一，惜多为赝品。据说，有人投其所好，收集古玉旧象牙，并在中药铺大收犀角，制作了这批东西。并买通了葛家的仆人，说是乡下老家旧屋拆修，发现墙壁夹缝中有脏兮兮的印章，呈给葛氏察看。葛昌楹信以为真，买下了陆陆续续从乡下送来的"名人印章"，花了三千余金巨款，还兴致勃勃地编拓了《宋元明清犀象玺印留真》。

图二　"文天祥印"印

　　收藏古物字画，相信故事是大忌。我也曾听了故事上当受骗。一个无倦苦斋的同门，与老师同姓，说是老师的老侄，向我兜售来楚生丈刻给一个老朋友的印章。说那人的儿子刚从里边出来，衣食不济，可怜之极，急着想把其父留下的印章售出换饭吃……付了现金后，我还送了这位老师的老侄谢金，真合了旧谚，还帮强盗数钱。发觉上当以后，有仗义的同门打算去揍他，被我拦下了。怪谁呢？第一要怪自己有眼无珠，没有本领。我喜欢看金庸小说。你看,潦倒的英雄被人算计了,拱手为礼——在下学艺不精,栽了,后会有期。挥一挥衣袖,不带走一片云彩。

2017.11.18

一生负气

陈师曾，名衡恪，是近代享有盛名的画家、篆刻家、艺术教育家。即使他不是湖南巡抚陈宝箴的嫡孙；即使他不是大诗人陈三立的长子；即使他不是大学者陈寅恪的兄长，仅以其自身的艺术魅力，也足以彪炳史册。虽然他只在人间逗留了四十七年。

"一生负气"（图一）是陈师曾镌刻的一方闲章。三十多年前我借来欣赏时，就已经遍体鳞伤，"生"当中一竖下面的印边也破残了，很可惜。检阅师曾公《染仓室印存》，原来是不破的（图二）。听说，这枚"一生负气"是师曾公赠送给张书旂先生的。另有一说：据君匋钱老师说，是他五十年代在北京工作时，从陈师曾弟弟处购得的，后来赠给了张书旂的嫡堂弟张纪恩老伯。此印的边款只有"师曾弄刀灯下"六字，我猜想，也许原是师曾公的自用印。我是从张老伯处借拓的。

图一　遍体鳞伤的"一生负气"印　图二　最初的"一生负气"印

书旂张先生，现在即使是中国画专业的学子恐怕也觉陌生。在旧时代，却是中央大学大名鼎鼎的部颁国画教授。一九四五年，罗斯福连任美国总统，书旂先生奉命绘制《百鸽图》作国礼为贺。蒋介石亲题"信义和平"以示珍贵。张纪恩老伯曾是向忠发的秘书，是一位地下工作者。所以书旂先生的画作《雄鹰》曾悬挂于上海的中国共产党中央秘密机关，画上的题词是"千里江山一击中"，据说当时周恩来公大为赞赏。可惜的是，书旂先生解放前夕赴美担任加州大学美术教授。周总理曾多次关心，希望其回国参加新中国建设。不意肺癌侵寻，上世纪五十年代逝于大洋彼岸。这以后的几十年中，我国媒体对他的报道便十分罕见。

陈师曾曾获吴昌硕亲炙，画风印风均追慕之。这方闲章，一味吴风。一言蔽之：大气磅礴。昌硕公的篆刻当然是大气磅礴，远迈时雄。但是他的学生辈，亦步亦趋，无甚建树。只有一位赵古泥能另辟蹊径，开了一个小面目。其他人中，也只有这位陈师曾不俗。遗憾的是，不论是绘画还是篆刻，其都在上升阶段便戛然而止。有一句老话"天妒英才"，也许真有道理。

这方佳印，章法极为妥帖。细察之，四个字所占地位大小均有区别，但极为舒服。经常有圈外的朋友问我，印章里采用的文字，篆书字典里都能查到，把它抄入印章，不是非常简单吗？我无言以答，只能以世俗的俗事比喻之。譬如婚姻介绍所，不是随随便便把一对对男女拉在一起便成好事的。必须仔细忖度一下，这位穿老式西装的古板男士，和那位比较保守的规矩女郎，可能有共同语言，才可介绍认识试一试。高明的介绍所绝对不会把一位袒胸露肚的时髦姑娘介绍给那位男士的。如此回答，不知道诘之者能明白吗？其实，在字典里选哪几个字安排在一方印章上，也需要考虑同类项问题。风格不同的文字难以和谐共处。而且，这方"一生负气"也告诉我们，简繁悬殊的文字可以占有大小不同的位置，使之协调。"一"笔画简单，占有地位最少；"生"有三笔长竖，适当地拉长，以增气势；"负"有四笔横画，和"生"下部的三笔横画基本平行，起了很有效的稳定作用；"气"大有笔意，具生动之姿态，带动整个印章产生舞动感。从整个印章的章法看，"气"下部倾斜留红，既自然又刻意，虚而生气。"生"下的横画与"负"的横画遥相呼应，实而稳固，产生一种安定感。一方印章既有舞动感又有安定感，基本上就很可一看。加上师曾公运刀痛快淋漓，线条扎实，尤其是"生"中间的一竖，就如中流砥柱，推都推不倒。

那么，是不是凡是四字的印章都必须如此处理呢？当然不是。条条大道通罗马。千变万化，百花齐放。

其实篆刻真是一门很难很小众的艺术。要有相当的文化，相当的视觉文明，才能谈得上欣赏。真所谓一言难尽。即使像我那样，奏刀几十年，也仅仅是刚刚登堂入室而已。

但陈师曾是天才，三四十岁的篆刻作品就十分老辣，以拙取胜。据说他为人也很好。齐白石刚到北京，长安居大不易，得到师曾公的帮助与提携。故白石老人有句曰："君无我不进，我无君则退。"师曾公殁，白石老人又以长联挽之——"三绝不多人，造物怜人，我未杀君天又忌；千秋非易事，盖棺定论，当世传汝地难埋。"师曾公青年时代在日本留过学，在彼邦和李叔同（弘一法师）、周树人（鲁迅）相识成为知己。从他的朋友圈便可想见他的趣味秉操。

"一生负气"也许是陈师曾一生的写照。其家也多一生负气的人物：其父尊陈三立，在日寇侵占北京时，八十五岁高龄，悲愤绝食而亡。其弟陈寅恪，其气节更为人所熟知，其有一联云——"一生负气成今日，四海无人对夕阳。"当是师曾公此印之注脚。

2017.12.16

伯惠隶古

在写字这个圈子里，像我那样年纪的一代人，大多对于电子产品大概都不大内行。我会用微信，最低级的阶段，也从不发朋友圈。但偶尔也会看看。最近，一条消息，却使我非常高兴。二位在北京的黄牧甫爱好者，把拍得的一部我五十年前钤拓的印谱，黄牧甫的《丛翠堂藏印》，原色精印出版。

这部印谱里的一百六十多方黄牧甫刻石，是钱君匋老师在上世纪六十年代初期购得的，其中绝大部分是广州寄来的。老师命我洗涤，因为虽然都已清洗得干干净净，却上蜡抛光，亮晶晶的，透着古怪。不但边款全部嵌满，印面也是蜡，根本无法钤拓。钱老师叫他同事，也是从他学刻的乐秀镐师兄弄来了汽油，要我浸泡并用软刷清理。又命我用缎子包好核桃肉，用榔头砸打，使之出油，用这油包遍擦印石，使之温润。这上油的方法，老师请教了叶潞渊丈。

洗净以后，老师命我钤拓了一份。那一阶段，老师异常兴奋，把这份钤拓本，左看右看，赞了又赞，告诉了我很多终生受用的心得。可惜那时我才二十岁，囫囵吞枣而已。

这方"伯惠隶古"（见图）是他极为称赞的佳印。初见拓本，老师不知道这个"古"字。我请教时，他坦率地说不认识，说大概是"古"字，并立即翻查日本版

"伯惠隶古"印

的《篆刻字林》确认之。钱老师有一个与很多老先生不一样的特点，敢说不知道，不认识，并马上查检字典，寻找答案。

这方印章里的"古"字，一般印家很少使用，其他三个字，写法极为常见。边款里注明是"拟汉"，即学汉代白文印。但是，黄牧甫的高明处在刻意中不经意，严谨中不拘谨。看这四个字横平竖直中透着随意，线条有粗细，间距有疏密，一任自然。"惠"下的"心"，中间留空，不呆板。开个窗子透透气。较之铺满不留空，生动而别出心裁又如秤砣般稳定。

黄牧甫的印作，线条挺拔。学他的"挺"并不太难，难的是挺中有味。不读书，不写篆字，不研究古金石，难臻此境。以我的经验，晚清四大家中，学黄最难。弄不好就像旧香港电影中伸直了双臂，一跳一跳的东西。

钱老师收得黄牧甫的这一批印作后，就计划钤拓印谱。可惜，只购得仅可钤拓七部的张鲁盫藏连史纸。这以前，老师把所藏的赵之谦、吴昌硕印作，编拓过《豫堂藏印甲集》《豫堂藏印乙集》，十分精良。卷后有边款的释文和印材的说明，都是排字印刷的。印框、封面俱是老师亲自设计。钤拓是请当时极负盛名的一位朋友义务操作的，用类张鲁盦印泥钤盖。至今看来，绝对是一流的印谱。近七十年来，无出其右。据钱老师告诉我，这两部印谱钤拓的后期，出现了意外，那位钤拓的朋友因事离开，而其夫人不肯归还留在他家的印章两大盒和印谱纸等材料，提出应以每款拓工五分钱计算，解决其生活的困难。后来，老师成功地说服以每款三分半计算，赎回了盒印（二十多方赵之谦和吴昌硕作品）以及谱纸。扫尾工作是请华太师（华镜泉老人）来钱府以每款三分半完成的。最后送中华印刷厂装订之。因为首页原先已印好某某手拓的文字，遂弃而不用，老师改为某某"雪之"。雨过天青，这位老师的老朋友也欣然接受雪之为别署，亦是艺坛的佚事。

黄牧甫印作的初拓二卷本《丛翠堂藏印》，老师命我钤拓。实际上当时老师所有的创作，是全部交我拓墨的。早先，一般的拓款，老师是请华太师帮忙的。华老是朵云轩的店员，每拓一面边款收费五分，三七开，店方一分半，华太师得三分半，可以在上班时间从事之。后来，我学会了拓款。惭愧，刻印写字一直幼稚可笑，钤拓这一偏门技术，我倒是个天才。所以老师就命我钤拓了七部《丛翠堂藏印》，加上一本稿本，共八部。学生为老师尽义务是应该的。老师怜我辛苦，赐赠了一部，即是现在印行出版的。

丛翠堂是老师早年的斋名，用了一辈子。《丛翠堂藏印》的嵩页是老师亲自题写的，七部正式本的二十一枚签条全是请唐云先生挥写的。全部八部的序跋是老师自撰，请单孝天先生誊录的。当时单先生居住在上海展览馆附近，老师命我送去二十元钱润笔，写好后，也是命我去取回的。单先生还附了一大叠连史纸，请钤所有黄牧甫的印蜕，也是由我钤好送去的。

钤盖《丛翠堂藏印》的印泥，是符骥良先生手制的类张鲁盦印泥，原料是张先生遗下的，那时卖十元钱一两。

《丛翠堂藏印》初拓二卷本俱有页码，以前的《豫堂藏印甲、乙集》也都有页码，所以有人误会是每页印刷的，其实不然。钱老师工作的出版社也出版乐谱，五线谱原稿上的蝌蚪那时是人工钤盖的，二位工作人员徐长华小姐和费行方兄都是和老师极有渊源的人物。印谱上的页码均是他们二位钤盖的。现在海宁钱君匋艺术研究馆门口点缀的印影中，第一方"多情应笑我，早生华发"，四面小篆长跋，开首便是"长华"。而费行方兄则是钱老师的老友费新我先生的公子。徐小姐和费新我先生都是钱老师从前经营的万叶书店的股东。

这七加一初拓本以后，钱老师又购得一批旧连史纸，又请符骥良先生钤拓过八部，印框颜色同初拓本。符先生是高手，也相当精良。

《丛翠堂藏印》初拓本，钱老师委汪子豆先生装订。汪先生是我装订、修治线装书的老师，是一位品行高洁的文人。生活异常贫困，借住朋友的小小阁楼艰难度日，乐于助人，尽义务为大家装订印谱，修治旧书。王哲言先生那本有故事的《削觚庐印存》、陈巨来丈自存四卷本《安持精舍印聚》、拙藏巨丈自抑自用印《安持精舍印聚》都是汪先生亲手装订的。

　　汪先生上世纪八十年代由程十发先生推荐，结束了长达二十余年的无业生活，去外冈的工艺美术学校图书馆工作。退休后随其子在南昌生活。接到过讣告，大概有二十年了。

2018.1.13

章士钊印

　　章士钊先生是近代史上的著名人士，这方印章又是大名家唐醉石先生篆刻的。可是，章先生可能从来没有使用过，听说这方印章一直是在潘伯鹰先生府中。是潘先生请唐醉石先生篆刻了准备送章先生的，还是又有什么其他的原因，至今我也不清楚。我是从潘夫人张荷君女士手中得来的。

　　那是在上世纪七十年代后期，潘夫人交给钱君匋老师这方印章，说转给你的学生陈推之磨去重刻，她要送新加坡的朋友。

我拿到后吃了一惊。既是章先生的姓名印，又是唐醉老的作品，怎么敢磨去呢。我便另取了一方漂亮的印石篆刻，连同这一方印章一并交给钱老师，老师叫我自己送去。潘夫人十分客气，说既辛苦你刻印，又贴出那么好的石头，这方印章就给你作为补偿云云。

　　章士钊先生的书迹，近些年拍卖图录里也能见到，颇有书卷气，很耐看。所用的印章大多是巨来宗丈所为，没见过这方唐醉石先生的作品。

　　听说唐先生虽是湖南人，年轻时居住江南，是西泠印社早期的中坚。晚年，住在武汉，还创立了东湖印社。我从来没有见到过这位老前辈，但一直非常崇敬。所以得到这方印章，欣喜若狂。惜后来也无缘再收得他的其他印作。

　　"章士钊印"（见图），虽然不大，气场却不小。所谓小中见大。从技术层面而言，是师法汉代白文印的，估计唐醉石先生是用其娴熟的浙派手法在上追汉印。所以与一般印人的师汉之作不同，多了些些波折。在唐醉石先生纵横印坛的同时，还有一位名气比他更为响亮的王福庵先生。我对于这二位大前辈的篆刻作品，虽然都极为钦佩，却还没有做过系统的研究。印象中好像二位的风格颇为接近，不但对秦、汉印，还都对浙派的赵次闲，以及与赵同为晚清印坛健将的吴让之、赵之谦研究颇深。这方"章士钊印"，如果不看边款，也许会有许多朋友误认为是王福庵公的作品呢！

"章士钊印"印

我所见到的唐醉石先生的印作，好像都是规规矩矩的面目。用字也极为大度，没有花里胡哨的怪模样。据说他早年就被故宫博物院初创的文物馆聘为顾问。二十年代后期起，他和王福庵公相继任职于政府的印铸局，监制当时政府的各级官印。

像这方"章士钊印"那样，不宗浙派，暗用浙派的手法上追汉印，从西泠印社创始至今的一百多年中，有许多前辈艰苦探索，取得了悦目的成果。当然，从历史的角度看，风行江南数百年的浙派绝对了不起，他们以切刀法刻出古印的拙趣，是一个成就辉煌的流派。可惜，到了晚清赵次闲，程式化的倾向相当严重。譬如格律诗，经历了盛唐的灿烂，格律、规矩越来越讲究，趣味、内涵渐渐被抽空。浙派的式微，一如唐诗。晚清以后，几乎无人再去蹈浙派的覆辙。许多高明的前辈，便取浙派的手法上追秦、汉，拉开与传统浙派的距离。赵叔孺、王福庵、唐醉石先生等前辈，是这条道路上的前驱者。提到这一条路，也不得不提到叶潞渊丈。他是一位对浙派赵次闲，尤其是对浙派前期的陈曼生深有研究的印儒。他的汉印面目的作品，不但有浙派的拙趣，还注入了金石的斑驳。别有其怀抱，令人怀念。

也常有年轻的朋友问我，现在还可以刻浙派面目吗。当然可以，任何时候都可以的。关键是刻得好不好。尤其是纯浙派面目睽违久矣，现在出现这一面目，倒也给人新鲜感。好像电视剧，出来了一个新演员新面孔，一定格外引人注目。

其实，即使是赵叔孺、王福庵、唐醉石先生等大前辈，他们也刻过纯浙派面目的作品，试图给倾颓的浙派注入新意。不过，后来都放弃了。

唐醉石先生在一九四八年刻制的这方"章士钊印"，因为存在潘伯鹰先生处，才会奇迹般地到了寒斋。不过，章、潘二位先生之交谊极为深厚。一九四九年国共和谈时，章士钊先生是李宗仁政府的谈判代表，而潘伯鹰先生还是其秘书呢。

章士钊先生是一位有点奇怪的人物。最早知道他的大名，是中学时代，读到了鲁迅先生和他的斗争故事，还把他打败了，是一个反面人物。及长，读书稍稍多了点，才知道人之善恶，并不是简单的"好人""坏人"可概括的。

章先生的晚年是可歌可泣的，九十高龄，唧命出境，为两岸和平统一，鞠躬尽瘁。

从章先生墨迹上钤用的印章来看，有点讲究。不管这方"章士钊印"是否亲自钤用过，都应该承认是一方好印。按现在有些人流行的说法，还是章士钊"自用印”呢。

他的“宿敌”鲁迅先生，用印远不如他。除了有同僚陈师曾公的几方佳作，大多都谈不上是艺术品。

2018.2.10

退 之

　　"退之"（见图）是叶潞渊丈赐刻的一方我极其喜欢的印章。白云苍狗，一晃五十多年过去了。因为珍爱，不舍得轻易钤用，还像新刻的一样生辣。

"退之"印

　　退之，是我青少年时代的笔名。后来又作"陈推之"，寓推陈出新意。其实在艺术上，我是十分落后保守的。不过，总也希望跟上时代，能够推陈出新。继续努力吧。

这方印的材质是田黄，一个偶然的机会得来的——一九六二年，淮海中路思南路口，在长春食品店西侧，有一家新龙古玩店。店内的柜台里，经常有旧印章，通常在几元至二十元间。有次有一对旧青田，老店员说是明朝的，标价二十元。没见过超过二十元的。柜台上面放置一个木盘，盘里的印章都是几毛钱一方的。每次到那店里，木盘里的印章我都会仔细翻看。当时不到二十岁，口袋里也没多少钱。一次看到了一方六面都被粗砂纸磨过，通体白灰的印石，用口水一涂，哇，是冻石，有点像肉冻似的。初学篆刻的时代，只知道冻石是上品。三毛钱，我便买下了。回家以后，赶紧用水砂纸打磨。那时候，我打磨印石的技术已有点可观，好几位老先生都叫我帮忙打磨印石，也能使他们大欢喜。这方三毛钱的印石，一经打磨，通体晶莹现黄，温润可爱，中间还有一道红线。我猜想是田黄，但实在是一窍不通。当天晚上便拿到隔壁钱君匋老师家，请老师看看。那天，叶潞渊丈也在做客。老师拿过印石，连连称赞，"冻石，好……"又拿给潞丈赏鉴。潞丈拿过石头，仔细翻看，低头微笑，摩挲再三，突然抬头问我："啥地方买来额？""几钿买来额？"听到是三毛钱，潞渊丈笑着说："千载难逢，千载难逢，乾隆红冰片田黄，比我的田黄还要好！"见潞丈摩挲不忍释，我脱口而出，请他赐刻二字。潞丈欣然允诺。

潞渊丈刻印异常严谨，即使刻好了也放在案头，不断推敲修改。所以请潞丈刻印，往往几年才能交件。不料这一方田黄，才隔了一星期，潞丈亲临寒舍交给了我。惊讶其速，潞丈说："石头忒好哉。"

潞丈一般的创作路数，是师汉代的白文、师六朝的朱文、元朱风格、浙派面貌……古钵形式比较少。而这一方"退之"，纯是古钵再现。印侧，潞丈署"拟三代钵"。

潞丈年轻时从吾乡赵叔孺公游，和王福庵公等前辈过从甚密。曾通过王福庵公向著名收藏家伏庐陈汉第公，借得《伏庐藏印》的全部古印，在家里用鲁庵印泥一一钤盖。六十年代前期，见我还算用功，曾赐赠了一套他亲钤的伏庐藏印散页。

古铜印极难钤盖，而秦汉古印多为金属质，因为腐蚀等等原因，印面往往七高八低。我们江南印家一般都是在玻璃上放一张连史纸直接钤盖，以现其真。或者在玻璃上再放一张卡片，君匋老师是这样钤盖的；或者在玻璃上放一层薄的硬橡胶，潞渊丈是这样钤盖的。但是古印的印面往往不平，一般钤盖很难奏效，所以常常要把印面还未在纸上拔起时，翻过来，在连史纸的背面，用指甲研磨。听潞丈说，伏庐藏印几乎每方都要研过，费时费力甚矣。

我对《伏庐藏印》很有感情，因在青年宫篆刻班从方去疾老师学习时，方老师要我们去古籍书店购买这部印谱，说林林总总的汉印印谱中良莠不齐，而《伏庐藏印》所收古印均为佳品。那时代，能买到的印刷品印谱都是三四十年代的石印线装本，也很难罗致。方老师曾不厌其烦指导说这个好那个好，可以临摹。唉，五十多年，快六十年了，真是逝者如江河！

退之二字，简繁不同，很难配好。潞丈加了一个内框，这固然是古鈢印的寻常面目，却也是稳定章法的重要一着。潞丈曾把这种内框称为"救命圈"，意思是篆配不够稳定的文字，加了内框，能起倾颓于稳定，比喻极为生动。此印运刀极爽，挺拔，精神，如新出土的古鈢。"退"的"辶"，下部微残，乃故意为之，追古印之斑驳泐味。很多印家都善于使用残破法，增加古意。这种手法，潞丈比作砒霜，谓量少可以入药救人，量多则要"翘辫子"（吴语归天之意），亦是极为生动的比喻。

叶潞渊丈是苏州洞庭东山人。虽然已谢世二十多年，音容笑貌犹在眼前。一口软软的苏州话，待人极为诚恳，是受人尊敬的好好先生。他对篆刻艺术的追求，一丝不苟，达到的高度也是我望尘莫及的。

边跋中的"三代鈢"，指的是夏、商、周三代。传统的说法，往往把秦始皇以前的古印称三代鈢。这个"鈢"字（音玺），在出土的秦前印章中常常见到，可清代中早期的印家和文字学家还都不认识。咸丰年间的李文田才考出此字为某某之印的"印"的意思，也可写作

"鈢、鉨"，也可易金为土旁。秦代出现的"玺"，意思差不多，也是"印"的意思，但长期以来为皇帝、皇后专用。当然，现在和"鈢"一样，人人可用。来楚生丈曾为赵冷月丈刻过"冷月之玺"，十分精彩。

2018.3.10

远离颠倒梦想

　　孙悟空的故事是很小就喜欢的，可惜从来没有通读过《西游记》。古典长篇小说我都不大喜欢，《三国演义》《红楼梦》都没有通读过。《水浒》也是因为"好在投降"，当年上面号召，才勉强读了一遍。我喜欢的是《聊斋志异》，最爱夜深读聊斋。不过，唐僧玄奘翻译的《心经》，倒是常常恭录诵读的。

　　日本人也喜欢抄写《心经》，所据也是中国传过去的玄奘译本，就是比我们常见的版本多了两个字。"远离颠倒梦想"作"远离一切颠倒梦想"。他们说，最早的译本有"一切"的。是吗？不知道。

这一方"远离颠倒梦想"（图一）是清末篆刻大师黄牧甫的早年作品，是他创作的《波罗蜜多心经印谱》中的一枚。

图一　"远离颠倒梦想"印

黄牧甫出生在皖南黟县的黄村。那是一个很闭塞的小村。他在少年时代即喜欢弄刀舞笔。大概那时只见到少量浙派和不入流印家的作品，所以无所适从，刻得杂乱无序。光看他的早年作品，谁也猜不到，这个土不拉叽的黟山人，竟然会成为足以和吴昌硕抗礼的篆刻大师。

转折点在于他走出田埂，去了南昌。他的胞弟在那里开了一家照相馆。清末，照相可是时髦之极的洋玩意。

老弟还会画像，现在流传的黄牧甫五十四岁小像（图二），长期以来都被误为照片，其实是他老弟手绘的。

图二　黄牧甫五十四岁小像

在南昌，黄牧甫见到了许多好书好印谱。据说他常去书铺看书，免费为店主崙写签条为答。不意被当时江西学政汪鸣鸾看到并加以关照。汪氏是金石学家，亲戚吴大澂、张之洞俱为晚清的巨宦。尤其是吴大澂，在金石学上的造诣可谓巨擘。黄牧甫从南昌到广州在吴大澂幕下获得了许多指导和帮助。当时，吴氏是广东的封疆大吏。

"远离颠倒梦想"一印，很明显地受到了吴让之的影响。吴氏是比黄牧甫早生五十年的大师。这方印章，应该是黄牧甫到了南昌以后的作品。在南昌，他一定见到了吴氏的作品，深受其影响，创作了许多吴风印作，且深得其精髓。

吴让之是"印从书出"的旗手。他的篆刻特别强调篆书的重要，特别强调"以篆驭印"，作品富篆书的风韵和流转美。

青年黄牧甫师法吴让之，由于自身的篆书功力过人，把握得十分准确到位。这一方"远离颠倒梦想"，即使杂在吴让之印谱中，也是一方醒目的佳作。

六个字的印章，一般往往安排成三行，因为拉长的篆字容易表达长腿的魅力。作两行安排，每个字都是扁方的，不易讨巧。但是这六个字，虽然从难从险，却倜傥风流，丝毫不见窘迫尴尬状。显示了作者对篆法、章法的出色的驾驭力。而且，黄牧甫运刀，绝对的高人一等，真所谓使刀如笔。看这六个字，线条的抑扬顿挫，恰到好处，其韵味之隽永，犹如邓丽君的动人歌声。

印中的"梦"，虽然和其他五字一样均为秀美的小篆，但在写法上撷取了大篆的复杂写法。黄牧甫的用意很明显，因为"远离颠"三字笔画较多，较复杂。而"倒、想"相对而言，稍嫌简单，倘"梦"也用常见的写法，则"倒梦想"一行会显得单薄。在章法上，他取和谐一路的手法。

黄牧甫师法吴让之风格的印作，数量相当多，成就相当高。说一个笑话：比"远离颠倒梦想"晚几年，黄氏创作过一个"许镛印信"（图三）。前些年，日本篆刻"巨匠"小林斗盦，竟把这方黄牧甫的印作当作吴让之的佳作，收在他编著的皇皇巨著的吴让之卷中。而小林又极为贬低黄牧甫乱捧吴让之。榻榻米上的"巨匠"，真的有点滑稽。

图三　"许镛印信"印

黄牧甫的篆刻成就，学吴让之只是一个良好的开端，后来浸淫在三代秦汉铋印、青铜器款识，熔大小二篆于一炉，开创了自己高洁挺劲的新天地，成为一代宗师。

黄氏离开南昌以后，长期生活在广州。又去过北京国子监、武昌……以前一直以为他没有到过清代篆刻的花园上海和杭州。近来有资料披露，他到过上海和杭州，只是各待了三四天而已。有过艺术活动吗？不知道。遗憾。

黄牧甫在二十世纪初六十岁时即逝于家乡。吴昌硕在上海生活的辉煌时期，上海人很少有知道黄牧甫其人的。过去在江浙一带，黄氏的作品也很少见到。曾听华太师华镜泉老人和龚馥祥老人说过一件奇事：二十世纪四十年代后期，他们为上海西泠印社从事钤拓印谱之役。有一位没有留下姓名的陌生顾客，拿来了十九方黄牧甫印章，委托拓制印谱。他们在钤拓时，随手把拓好的印章放在旁边窗台上，窗外是一条弄堂。不一会儿，十九印不翼而飞。猜想是被弄堂过客攫走，急得满头大汗走投无路。奇怪的是，这位顾客再也没有出现过。社会变动，旧貌换新颜，老板遂把钤拓好的印谱散页卖给了望云草堂张鲁厂先生。

2018.4.7

茗屋珍护牧甫精品

　　最近，高式熊丈荣获中国书法兰亭奖·终身成就奖。虽然来得有点晚，老夫子已九十八高龄。毕竟是实至名归，值得大庆大贺。

　　高老夫子是书法篆刻界闻名遐迩的好好先生。字好，印靓，乐于奖掖后进，口碑大佳。老夫子出道极早，一九四七年便已加入西泠印社。窃以为，继任西泠印社社长一职的，环顾宇内，非高老夫子莫属。

　　倒也并非书生妄议天下事。西泠印社是一个纯印学团体，领袖者当然应该是篆刻家或者印学家。拉一个与印学无关的"名人"滥竽充数，则难逃天下悠悠之口。

高老夫子是一位十分谦虚的老前辈，从来没有听他说过，我的字如何如何，我的印如何如何。即使是他的出身，也从不炫耀。在上世纪八十年代初期，我曾有幸被借到《书法》杂志打杂，和高老夫子有在一室办公之雅。有一位同事经常把其父挂在嘴上，说其父与吴昌硕如何如何，和胡匊邻又如何如何。其实只是一个普通的读过书的人而已。而高老夫子的尊大人是翰林公，是真的翰林公，常用印有赵叔孺公奏刀的"光宣侍从"。从没听说老夫子在办公室里吹嘘翰林公如何如何的。

对于一位执刀八十余年的老篆刻家来说，始终秉行规规矩矩一路，八风吹不动，在现在的篆刻界是十分不容易的。前几天，《新民晚报》有一篇长文，提到叶澄衷先生创办的澄衷学堂，其办校准则是博爱、忠实、守法、庄敬、勇敢、俭朴、整洁、愉快。其"庄敬"二字，移用到高老夫子的印作，也许是妥帖的。

余不敏，不敢批评时下的印风。有的很妖，有的很怪。也许妖和怪是篆刻发展的大趋势，我不懂。高老夫子期颐在望，仍能奏刀，而且一点点也不妖不怪。我佩服极了。也愿以老夫子为榜样，不妖不怪，庄敬自强。

我是个很偏执的人，喜欢朴素大方的艺术风格。平素也喜欢听歌，爱听藏族歌手降央卓玛举重若轻的中音。其出道至今，虽享大名，仍然不改初心，大方朴素，好。也曾经喜欢一个男女组合，唱过什么月色，那时朴素大方，美得炫目。成名了，着装花里胡哨，且愈演愈烈。电视机里一出现，我马上转台。

高老夫子的篆刻是朴素大方的，我喜欢，佩服。有幸请他赐刻十余方印章，"茗屋珍护牧甫精品"即是其中比较大的一方。那一年，老夫子七十岁，正是其刻印的巅峰期，从心所欲，自由自在。

"茗屋珍护
牧甫精品"印

从文字看，是典范的小篆，秀美而端庄，落落大方……从印风看，是师法赵叔孺公、王福庵公上追晚清吴让之、赵撝叔的……章法匀净而顾盼自然，一派和谐气

146

氛……运刀爽利且富质感，中锋线条，美人身段……是一方很完美的佳印。

这方佳印，专门钤盖在敝藏的黄牧甫佳作上。黄牧甫是我最为崇拜的晚清大篆刻家。年轻时，为了学习、观摩，我曾收得几件黄牧甫的书画佳品，也曾多次去他的家乡黟县黄村膜拜。高老夫子的这方印章，钤盖在黄牧甫的作品上，真是相得益彰。

高老夫子是早慧的印家，二十多岁时就已经卓荦不凡。一般的规律是早慧者早衰，即使是天才少年，也有《伤仲永》的故事。老夫子是一个异数，早慧而晚愈笃，至今犹能奏刀，且虎虎有生气。我拜读过彭城王丹钤拓的，老夫子前几年所刻的一套《心经》。神采飞扬，浑不知老之将至。鲐背之年，犹能制作大工程，不得不令人倾倒。当然，人非圣贤，也不是什么事都能做好的。强老夫子去模刻吴昌硕齐白石的印章，无异强梅兰芳去演楚霸王，一定是弄不好的。规矩一路的印风，高老夫子得心应手。这和他坚实的篆书功力相关应。老夫子自幼就在其尊人翰林公的督教下，诵读四书五经，抄《说文解字》。稍长，又从赵叔公、王福公游，赵王二公不但是篆刻巨擘，也是篆书的铜墙铁壁。老夫子既有《说文》的底蕴，又得二公的教诲，加上自身的刻苦钻研，书篆当然在一般的印家之上。前不久，我亲见老夫子挥毫作篆，字字左顾右盼，风流倜傥。站在他旁边，"风烛残年"四个字是属于我的。

"茗屋珍护牧甫精品"是收藏印。现在有些高明之士将这类印章叫做闲章，也许也是篆刻发展的大趋势，我也弄不懂。历史上，收藏印除了"某某珍藏"，还有"某某暂得""某某欢喜""某某心赏""曾归某某"……徐悲鸿有"悲鸿生命"，张大千有"大千好梦"，更是有趣多多。

我请高老夫子赐刻的，大多是收藏印。因为典雅秀润，钤盖在任何藏品上都相宜无忤。我不喜欢用粗犷风格的收藏印。当然，各有所爱，没有丝毫的规矩约束。就像吃菜，有许多人说臭鳜鱼香味扑鼻呢。

2018.5.5

汉委奴国王

"汉委（倭）奴国王"（图一），是一颗我国汉代的印章，金质。现在陈列在日本的福冈市博物馆，是日本的国宝。

图一　"汉委（倭）奴国王"印

一千九百多年前，《后汉书·光武帝本纪》和《后汉书·东夷传》均有倭奴国奉贡朝贺，光武帝赐以"倭奴王"封号，并赐印章的记载。一七八四年，在日本北九州地区博多湾志贺岛，农夫掘地发现了"汉委奴国王"印。印为纯金铸成，正方形，长宽各两点三厘米，高两厘米，蛇形钮首。当时就受到了研究中国古典文学的学者等人的高度关注，遂为当地的领主收得。近两百年过去，一九七九年，领主家族的后人才把这颗金印捐献给福冈市博物馆。日本邮便局为此发行过纪念邮票。在日本的国宝中，这颗金印大概可排在第一位。好像也没有日本人以古"倭奴"为耻，至少在面上。

按照我国的文义，汉代，或者汉代以前，"倭"并无贬意。中日两国的国民，对古代日本存在过一个小国叫倭奴，似乎没有歧见。其实，那时的日本也没有文字，没有可靠的记载。"倭"日语音 WA，和他们自称的大和民族的"和"发音相似。是不是因为这个原因才产生了"倭"字，有些学者是这样认为的。

"倭"在《诗经》里就已经出现了，可惜甲骨文和金文中尚未发现。也有可能在众多的未识字中就有存在，等待着文字学家去破解。在诗经时代，当时还有人以"倭"为名，著名的鲁宣公的名字就是"倭"。一直到现在，"倭"加上"妥"，"倭妥"还是一个美好的词语。明代汤显祖《牡丹亭》里有"偋停倭妥"，清末龚自珍也有"斜阳倭妥绣帘垂"的佳句。

"汉委奴国王"的出土，被我国学人知晓以来，都把"委奴"作"倭奴"解。为什么呢？我不清楚。检阅汉代字典《说文解字》，既有"倭"也有"委"，音义均不同，也不相通。是不是在实际使用中，当时二字是相通的，只能这样猜测了。不然，为什么光武帝赐给他国国王重要的金印，要以"委"代"倭"呢。

我在日本写字或篆刻，常用"委奴"，实际上是说"倭奴"。好像从明代开始的，大家都知道的原因，"倭"不是被国人喜欢的东西。

"汉委奴国王"出土至今的岁月中，在日本，质疑其为赝品的声音也时有出现。剔去政治的因素，仅从考古和篆刻考之，的确是开门见山的汉印，且是上佳之物。

　　光是一颗"汉委奴国王"，一个孤品，无以佐证。巧的是，一九五六年我国出土了一颗汉武帝赐给滇王的"滇王之印"，其质地、钮首和尺寸大小，均与"汉委奴国王"相仿佛。一九八一年，我国又出土了一颗金印"广陵王玺"（图二）。根据同时出土的其他文物上的年号推定，"广陵王玺"和"汉委奴国王"仅仅相差一年。而且两颗金印的文字和制作手法极为吻合。专家推测，很有可能是一位工匠所为。更巧的是，一九八九年，"广陵王玺"被借到日本与"汉委奴国王"欲同时展出。事先为制作图录而把两印置在一起摄影时，两印之间瞬间出现了如北极南极常见的极光。按汉制，赐给太子及诸侯王的金印，龟钮；赐给臣服国王的，蛇钮等等。龟

图二　"广陵王玺"印

钮的"广陵王玺"和蛇钮的"汉委奴国王",一旦相逢,竟然会出现极光,震惊了在场所有的人。至今也仍然无法从科学的角度作出合理的解释。

奇妙的汉印,和唐诗宋词元曲一样,是无法重复的文明。今天,严肃的篆刻家仍然坚持以汉印为圭臬这一基本立场,并继续从中汲取营养。

"汉委奴国王"这五个字,端庄朴茂,其结构紧凑,线条畅劲,是典型的汉代印篆。以现代的科技,要复制一颗古印,应该并不困难;要"创作"一颗汉印,则还是难逃专家的法眼。

看到一篇报道,孙慰祖兄最近访问日本时答客难,他以上海博物馆玺印专家的专业立场,从几个方面证明"汉委奴国王"均符合汉制。回答得既中肯又巧妙,佩服之极。

"汉委奴国王"中的"汉"字,与汉代印章中一般写法不同,右面的一长竖竟然断开,右下部变成了"火"。这种形态,比较少见。专家说,汉代,尤其是东汉,认为自家是火德之国。古人极信天地万物是由金木水火土组成。既是火德之国，有些人把"汉"右下断开作"火"，也就可以理解了。

　　我在日本，虽然隔了玻璃，倒是近距离全方位欣赏过"汉委奴国王"，由衷地赞叹我国古代的辉煌，也努力模仿学习，篆刻过"汉委奴祭酒"以自用。印章刻得幼稚可笑，句子却也透出一点点自豪。在日本，我还刻过"大唐行人"以自用。有国内朋友问我，是不是没有自备汽车，经常步行之谓。哈哈。

2018.6.1

长　乐

　　天气热了，黄牧甫竟然也热起来了。

　　先是北京敦堂工作室的赵云兄发起了黄牧甫家乡行。厕身其间，其乐融融。拜谒了早已被毁的黄墓遗址、举行了研讨会、拜读了与会者从广州带来的黄氏早年印屏，又参观了黄氏老家黄村的"黄牧甫纪念馆"。这是黄村的村委会收购的一幢古民居，陈列了安徽省博物馆所藏黄氏书画的高仿轴，布置得既朴素又得体，好。想起三十年前初谒黄村时，好几位县领导都不知黄牧甫是何许人，却兴致勃勃地盖了一所赛金花"故居"，吸引了络绎不绝的瓜众"瞻仰缅怀"。唉，毕竟时代不同了，当今光明盛世，传统的健康文化越来越被重视。

接着，上海的黄牧甫爱好者又在快雪庐举行了黄氏书画的欣赏雅集。其晚年的篆书屏，赢得了与会者的高度赞赏。是啊，黄氏的篆书气息高古，综合大小二篆，山青水绿，笔笔交代得一清二楚。可惜，因为出版物稀少，大家都不够熟悉。

最近，北京一家拍卖公司，又推出了一批黄牧甫印作参拍，竟然还包括了清末名臣张之洞用印，精彩。据说内中有些印章的参拍，出自一个偶然的机会。一位对篆刻兴致不大的人士，在日本廉价收到了一堆石质印章，破破的，遍体鳞伤，一点也不起眼。那位幸运者根本不把这些破石当作宝贝，原先也不打算带回国内。当他把图片发回，征求朋友意见，才被识者发现竟有四方黄牧甫作品，内中还有田黄。我在日本生活了那么多年，从来没有过这样的幸运，想想也真气馁。

前几天，又收到了新出版的二种黄牧甫印谱，书品、内容俱深深地吸引了我。我请大家和我一起来欣赏

《瓦存室藏黄牧甫印五十三钮小谱》中的
"长乐"（见图）。

"长乐"印

这方椭圆形的朱文印，即民间所说
的阳文印，生辣、挺拔又大大方方，是
黄氏的典型面目。他的篆书是小篆化的
金文，金文化的小篆，一洗万古凡马空。
这两个字即是他的独特的黄篆。前人赞
其趣在三代（夏商周）以上，确是的评。当然，这里的
"以上"，并不实指在夏商周以前，乃指其撷取了三代文
字之妙，达到了高古的程度。也的是如此，在晚清四大
家中，比起吴让之、赵之谦、吴昌硕，黄氏所取的文
字，青铜器铭文，即金文，着意更多。仅就文字而言，
趣味更高雅古朴些些。

印中的"乐"，加了三滴水。黄氏在边款中说明，
从了虞钟中"用乐好宾"的"乐"的写法，比一般的
"乐"多了水旁。这种写法，颇为少见。著名的金文字
典《金文编》中倒也收录了这个字。有趣的是，虽然多
了水旁，却省去了"樂"中间的"白"。加水旁的

"泺"，古已有之，是一条河流的名字。青铜器"虘钟"中借作欢乐的乐，黄牧甫也借为长乐的乐。"虘"音cuo，古义是老虎刚暴而刁诈，有"虘诈"词，现代文中则很少用到。

"长乐"是美好之词，又是椭圆形的，书法家用作引首印，极妥。书法作品的右上方，往往钤一方长方形，或圆形，或椭圆形，或自然形的诗句成语之类的闲章。既反映了作者的趣味抱负，也给读者增加了一个欣赏的切入点。不过，约定俗成，用正方形的，或用姓名印作引首的，罕见。前不久，见到吴昌硕的书法伪作，盖了一方正方形的引首印。其实，这幅作品的真迹，我是熟悉的，昌硕公钤盖的是长方形的朱文"虚素"，这才中规中矩。

黄牧甫成熟的篆刻作品，以挺拔见称。要线条挺拔，其实也不是太难。挺而浑厚，这才不易达到。黄氏的作品，不是络须大汉，乃是清癯书生。所以要钤盖好他的印章，是有一点讲究的。齐白石一类粗犷风格的印章，所用印泥，稍粗稍湿烂俱无妨。黄氏的印章，倘无细腻的好印泥，没有光洁的好连史纸，没有钤印的熟手，则如三五日外的荔枝，色香味尽去矣。

过去，黄牧甫的印章在本埠并不多见，因为他长期生活在南国。我算是很幸运的，摩挲钤拓过不下两百方佳印。有一次，还意外地邂逅了四个特大闲章。那是在上世纪八十年代初，我业余时间在市青年宫充任篆刻教头，一位工作人员蹭课听我赞美了黄牧甫，便邀我去他府上欣赏。四方巨印，美不胜收。当时，胡撰过一篇《黄牧甫四印》刊发在《书法》杂志。那位朋友说，这四个印章是他外婆，不，他姥姥留下的。其外婆，他姥姥是地主婆有钱人云。

黄牧甫是安徽黟县人，那里的西递、宏村早已成了旅游热点。八十年代初，我初到黟县，闭塞极了，没有青年男女手拉手逛街的。现在，西递的一家咖啡馆门口的广告是"除了老板，什么都卖"，走进一看，原来老板是女青年。宏村有一家民宿，门口的牌子写着"今日有房，欢迎上床"。今非昔比，令人莞尔。

按：抱歉，各位读者朋友。"樂"照规定用了"乐"，但为了说明省略"白",不得不用了"樂"。一会"樂",一会"乐",令人眼花缭乱。虽然乐不可支,却苦了各位。哎,都是简体字惹的"祸"。

2018.6.30

百年七万二千饭

　　盛暑，虽然热得可怕，该做的事情还是要赶的。写好了《钱君匋卷·后记》，用国际 EMS 从日本寄往上海书画出版社，松了一口气。

　　约两年前，上海有关方面开启了《海派代表篆刻家系列作品集》的编辑工作。突然接到一个电话，说委我担任《钱君匋卷》的主编。老且衰，我当场谢绝了，并举荐同门的其他朋友。不料，他们请老兄弟吴子建兄、徐云叔兄来做我的工作，云叔兄还推荐裘国强兄来协助。我不得不接受了这一委任。

我和国强兄从钱君匋老师的大量原钤印谱中选出三百多方。我们的原则一是精品，二是未发表过，三是顾及各种面目。已经发表过的，甚至发表过多次的，倘不是至精的，就不采用了。编好的稿件，请季溢同道扫描打印，费了她很多的时间。

稿本交出版社后，社方又精选了二百多印定稿。听说会赶在八月书展前出版。太好了，真是篆刻界的一件大好事。

这一套作品大集，按计划共有十六卷。包括赵之谦、吴昌硕、赵叔孺、王福厂、来楚生、陈巨来、钱瘦铁、钱君匋、方去疾、叶潞渊、方介堪、吴朴堂、马公愚、朱复戡、邓散木、单晓天共十六位篆刻前辈。

奇怪的是，竟然没有王个簃先生。

我不知道这十六人的名单是如何产生的，近现代海派篆刻把王个老排斥在外，似乎不大公平。虽然，我并不喜欢王个老的篆刻。

在这以前，出版过《海派代表书法家系列作品集》，好像有十位书法家入选，大概是十一二年前的事了。后来又出版过海派百年代表画家系列的作品集。包括现在的篆刻家系列作品集，三种大型作品集都把王个簃先生忘记了，真的是有点那个了。

唉，论书法，他是上海书法家协会的副主席；论画画，他是上海中国画院的副院长；论篆刻，他是西泠印社的副社长。当然，座位并不代表艺术，但是却也反映了他的江湖地位。可能他还是可在名片上炫耀享受津贴的大人物呢。

手头正好有一本一九八六年版的《西泠印社社员印集》，其中有一方"百年七万二千饭"（见图），倒也颇可一看，好像比他的寻常作品还略胜一筹。

"百年七万二千饭"印

吴昌硕的弟子中，大多谨守师法，不敢逾越，对吴印的微妙似乎不大领会。当然，沙孟海先生是一个例外。王个老的印作则可能是其师兄弟中的翘楚，而且比徐新周流更多一些敦厚和趣味。

这方"百年七万二千饭"，看来是其晚年作，颇有风霜苍茫之感。章法妥帖，篆书简练不啰嗦，运刀也恰到好处。在王个老的篆刻作品中，真的是难得一见的好印。虽然残破甚也，倒也无伤大雅。而且，气息尚好，大方，耐看。

王个老是吴昌硕公的入室弟子，一般都是这样认为的。但是，我曾听王个老的学生吴长邺丈说，王个簃其实不是吴昌硕的正式弟子，因为他没有投过门生帖。长邺丈幼年时，吴家延王个簃担任家庭教师，教小朋友识字。因此在昌硕公最后的几百天中，王个簃住在吴家，也天天服侍昌硕老人画画写字。昌硕公遽逝，其子东迈先生伤心不已，很多事情便委王个簃代办。在报纸刊登讣告时，王个簃把自己和胞弟均列在弟子列中。当时，王个簃年轻，又没经验，办理丧事，也有不妥当处。近些年出版的《王一亭年谱长编》中有翔实的记载。

当然，按现在的习惯，王个老是吴门弟子，毫无疑问。据说，沙孟海先生也是没有投过门生帖的，而沙先生投过门生帖的导师是赵叔孺公。我是听叶潞渊丈亲口告诉的。

在旧时代，拜老师投门生帖是必须的。潞渊丈拜赵叔孺公为师，是投了门生帖的，鞠躬而已。因为当时政府已经明文规定废止跪拜了。

新时代，当然没有门生帖一说。我有二位篆刻老师，方去疾老师和钱君匋老师，惭愧，敬茶鞠躬都没有过。另外，我也常去请益叶潞渊丈、来楚生丈、巨来宗丈、高式熊丈等大印家，虽然亲切的程度，有的甚至超过二位老师，但是不敢拉虎皮蒙脸，不敢妄称是他们门生。

不论是书法、绘画还是篆刻，王个老倒真的是吴昌硕的传人。至少在风格，像。

我和王个老不熟。淮海路高安路口的府第，仅去拜谒过一次。是好好先生长邺丈带我去的。那时年少不懂事，名利心还很重，求个老在拙刻印谱上赐题。老先生和蔼可亲，题了一段文字鼓励我。从前，求各位老前辈题过不少，藏在敝斋，不敢示人。年齿长了，稍稍懂了些羞耻。

在昌硕公的篆刻学生中，我有点佩服的是赵古泥先生。他能够跳出强大的吴风窠臼，树立自己的风格。仅这一点就十分了不起。遗憾的是，他的弟子邓散木、再传弟子单晓天都可在《海派篆刻家代表系列作品集》中各占一卷，他也被忘记了。难道邓散木、单晓天二位先生都超越了赵古泥先生吗？

找把扇子扇扇吧，天气真的是太热了。

2018.7.25

如 当 舍

　　上次写了王个簃先生的"百年七万二千饭"。有朋友发了议论，说把七万二千平均一下，一生中每天吃不到两顿饭，因此他说王先生把"三"错刻成了"二"，因为七万三千饭平均下来，才可以一天两顿饭。我觉得，做诗不是算算术，诗有诗的语言。倘按这位朋友的逻辑，李白年纪轻轻便患了老年认知症。请算算，白发怎么可能三千丈；千里的江陵怎么可能一日还；桃花潭怎么可能有千尺深……况且，"百年七万二千饭"是宋人的诗句，王个老没有搞错。当然，那位朋友是在说笑话，让大家在秋老虎热浪中笑一笑，蛮好玩的。

这次写王个簃先生的老师，吴昌硕公的"如当舍"（见图）。

"如当舍"印

昌硕公的印作，乱头粗服，解衣磅礴，我是非常佩服，非常喜欢的。常常翻阅他的印谱，想汲取营养，提高自己。其巅峰之作，百看不厌，常看常新，令人欢欣鼓舞。

晚清四大家的印谱，我都经常学习。说起四大家，其实有两个版本，我崇拜的是吴让之、赵撝叔、吴昌硕、黄牧甫。另一个版本没有黄牧甫，殿后的乃胡菊邻。这位胡先生，白文印，尤其是师法汉印风格的，刻得倒也不错。不过距"大家"这个级别，似乎还相当遥远。他怎么会位列四大家呢，缘于四十年代末，宣和印社编拓《晚清四大家印存》，据说当时上海搜不到成批的黄牧甫印作，历来以双为贵，又不能叫三大家印存，于是胡先生幸运地入列。胡先生是桐乡人，听说在当地，至今仍把其奉为大家。对不起，桐乡的篆刻朋友们。

四大家中，吴让之、赵撝叔、黄牧甫的印作，几乎都令人击节。虽然谁也免不了败笔，但失败的作品不多。昌硕公的印作，当我翻阅他的印谱时，不由自主，情绪的起伏会相当的大。当然主要是我修养太差。看到佳作，令人热血沸腾，如上云霄；看到另一类作品，突然一下子坠入冰河。这一方"如当舍"便是。

前些日子，我在日本度暑，得知北京故宫举办了吴昌硕展，宣称很多精品是从全国各博物馆征调来的。虽然不能躬于盛会，订购了一部图录解馋。四大册中，三册是画作，只有一册是书法篆刻，印作仅有四十九方而已。果不其然，有许多是不常见的，且三分之一是田黄。这一方"如当舍"，既是田黄，又是我从来没有见过的。

方去疾老师说过，吴昌硕中年时代的篆刻是其代表。意思很清楚，中年时代的印作是辉煌的，是其篆刻的最高峰。五十多年前，老师的这一教诲不能理解，当时尚不具备欣赏大师作品的水平。虽然现在仍然幼稚可笑，毕竟不是吴下阿蒙了。当然，绝对不想否定昌硕公晚年的篆刻仍然辉煌，遗憾的是，委人代刻的作品太多了，代刻者又不甚高明。这一方"如当舍"猜想就是别人代刻的，因为距离昌硕公的水平不是仅差一两条马路。

欣赏篆刻，圈内人往往强调气韵、格调，姑且抛开不论。从最基本的篆法说起吧。昌硕公的篆书，得力于石鼓文。石鼓文是秦始皇时代刻在石鼓的文字。鼓高三尺，径约二尺，唐初出土，共有十个。四周刻有篆文七百多字，现尚存半数，向来为书家所重视。但历史上鲜有书石鼓风而出众者。只有吴昌硕，他把原先方形的、线条粗细变化不大的石鼓文，拉长以强调笔势；加大线条的粗细变化以显示力度……昌硕公石鼓风的篆书，开了新面目。可惜，"如当舍"三个字，距昌硕公的苍美，太远。这三个字太没有美感。"如"的"口"大而无力，比例失当；"当"字写得还可以，但线条孱弱无力；"舍"的上部太松，三角太大。

其次从布字章法来看，三个字太不协调，各自为政，没有一点点和谐气氛。"如、舍"笔画简单，却安排成大字。"当"笔画复杂，却缩头缩脚，局促尴尬。

再看看刀法，全然没有昌硕公爽利浓郁的金石味。线条单薄乏力，了无生趣。

我看到的昌硕公的作品中，这应该是最差最蹩脚的一个了。如果不是故宫的藏品；如果不知道这是肃亲王的室名；如果图录中不把"如当舍"和另两个田黄的"肃亲王""偶遂亭主"放在一起，我也许会武断地胡说这是一个赝品。

肃亲王善耆是晚清的重臣，系十二铁帽子王之一。其对清王朝忠心耿耿，极力反对清帝逊位，是拒绝在退位诏书上签名的唯一大员。然而，他又热心改革，又异常廉洁，是一个充满矛盾的人物。据说，他才思敏捷，性好诙谐。有次谈到对对，说自己的名字善耆，善者好也，耆者老也，因此可对"恶少"，颇为有趣。

清代的亲王都喜欢写字。其中成亲王还有字帖行世，虽是馆阁体，也还可一看。肃亲王的字我没有留意过，应该是过得去的，据说亲书者钤"松壶"印，代笔者钤"烟云过眼"印。他很喜欢印章，能请吴昌硕刻印，倒也是个雅人。"如当舍"大概出自孟子的"如欲平治天下，当今之世，舍我其谁也"三句之首字。这么看来，肃亲王是想有点作为的，可惜他晚年的精力都放在了复辟上。

肃亲王善耆有子女三十有八。只有一个女儿是名人，不过只有恶名，她叫川岛芳子。

2018.8.25

水部冷官

　　白露过了，早晚已有凉意，可黄牧甫热却继续升温。一册又一册印刷精良的黄牧甫印谱呈现在我们面前，大快朵颐。

　　约二十年前，虽然也出版了几种黄牧甫的印谱，限于当时的印刷技术，差强人意而已。而且几乎所有的印谱都是根据同一部印谱翻印的，甚至是翻印再翻印。那部印谱叫《黟山人黄穆父先生印存》，上下二集，共四册，是黄牧甫的哲嗣黄少牧编辑的。一九三五年由上海西泠印社（潜泉印泥发行所）出版。那时，珂罗版（照相）印刷已相当成熟，但这部印谱是石印的。印面均为黄牧甫手抑，边拓也是黄氏亲为。惜不是用我们现在都用的水墨拓，而是用墨蜡擦拓的，因此效果欠佳。以现在的标准看，当然存在历史的遗憾。

听说黄少牧把其父留下的零星印蜕粘贴编次后，下集的稿本交给住在上海的侄儿黄云阁保存。四十年前，因高式熊丈的绍介，我还去拜访过他。上集的稿本，上世纪五十年代初期，钱君匋老师在北京人民音乐出版社的线装曲谱库房中见到过，无头无尾，又有多处圆珠笔划痕。

黄少牧编余的印蜕，有一大包，用旧报纸包裹着，既有印谱中重复者，也有不少陌生的。上世纪八十年代初，我探访黄氏故乡时，曾在牧甫公的外孙叶玉宽先生处拜读过。叶氏既是黄牧甫幼女黄慰璋之子，也是黄牧甫幼子黄小牧的女婿。一九九〇年，叶氏把这包资料交给安徽美术出版社，印成《黄牧甫印集》。此书的前言中把叶氏称为黄牧甫的"外甥"，后来再印刷时也始终没有改正。

说句老实话，黄牧甫的印作实在是很娇嫩的。钤盖不到位，印刷次一点……简直不忍卒睹。他的印作的"鲜头"很微妙，纸张粗一点，印泥不上档，钤盖轻重失宜，效果就很难出来。所以，阅读上好的原钤本，每个印人梦寐以求。退而求其次，据佳钤本印刷精良的出版物也给了读者大大的满足。最近出版的好几种黄牧甫印谱都很不错。

这里的"水部冷官"是选自上佳原钤本的。一九二六年丙寅，湖南书法家谭泽闿在广州收得黄牧甫印廿四方，兴致勃勃地用漳州上佳印泥钤拓分贻友好。谭氏有盛名，我小时候，上海还有许多他写的店招。出人意料的是，这位写颜体的书家，钤印水平一流，神韵毕现。

"水部冷官"印

175

这方印章的佳妙之处在哪里呢？一言以蔽之，厚。其实，这一个字，在黄牧甫的创作生涯中贯穿始终。不论是他学习吴让之的年轻时代，还是撷钟鼎文字的成熟阶段，线条是饱满的，立体的，厚实的。这方印章是黄氏四十五岁时的作品，用赵之谦分朱布白善于留红的手段上追汉代官印。堂皇，大方，厚厚实实。

黄氏拟古的手法与吴昌硕的破残法不同。昌硕公善于用斑斑驳驳的面目表达古朴气息。牧甫公不敲不破，纯以文字的跌宕和线条的厚度揭示古印的本来面目。牧甫公的作品多方形文字，处理不当，极易板滞。日本印人不大喜欢黄牧甫。难怪他们，因为黄氏的印作比较深，没有相当的视觉高度，看不明白。至于线条的厚度，那是圈内高人的话题，我还没有碰到过可以深谈的彼邦印人。

"水部冷官"，厚极。有好几位年轻的学习者，读到这方原钤印，沉思良久，还借去参悟。大概可以说，看到了"厚"，都能得到营养。

"水部冷官"是闲章。"水部"，汉魏时有之，掌航政和水利。明清时有"都水司"，掌关于水道之政令。虽然没了"水部"，习惯上把"工部"也称为"水部"。看来，这位委刻者是工部的闲职官员，不甘寂寞，颇多牢骚。

此印有上款，"次韶水部嘱"，次韶是谁，我尚未考出。那一年，黄牧甫为谭崇徽刻过多印，也为谭氏刻过"诗人削作水曹郎"。次韶有可能即是谭崇徽。

黄牧甫的厚度，是我们学习黄印的关键。其实，一切成功的篆刻作品，都不会是孱弱单薄的。且看陈巨来丈的元朱文，布字完美姑且不论，仅就线条而言，饱满，立体，厚实，所谓百炼钢化为绕指柔是也。

怎样才能刻得厚，这是印人要研究的一个课题，也许要研究一辈子。学习任何东西，欲得精髓，都是最难的。环顾宇内，现在学习黄牧甫和巨来宗丈的是二大宗，在"厚"字上下工夫的，往往成绩斐然。反之，就不好说了。

而且，追本溯源，更应在篆书上努力。要学好黄牧甫，在钟鼎文字上是必须下大工夫的。区区的钟鼎文字不够理想，妨碍了篆刻的进步。愿志于学习牧甫公的，以我为鉴，大家一起努力。

近得廿八字，供大家笑笑，不敢"余事作诗人"——贞珉一片人微醉，岁月蹉跎被褐愠；残梦依稀朝倦叟，先生许我到商周。

2018.9.22

茗按：文中提到的《黟山人黄穆父先生印存》上册，君匋老师发现在北京人民音乐出版社库房。二〇二〇年我在上海拜访穆公嫡孙云阁老先生时，老人说其实上、下册的稿本，其伯父少牧公都交给了他保存。抗战时，他在工厂工作，有一位同事是福州人，与彼地名印家陈子奋为邻，曾乞子奋公为云阁先生刻治姓名印。因此，把上册赠与陈子奋先生了。应该是从陈家散出的。黄云阁老先生在二〇二二年初，百岁高龄，病逝于上海。

2023.1.25

天涯小楼随笔（一）

友人赠我陈巨来丈的信札复印件四十余页，读了一遍，大感惊奇。这些信都是在四十余年前写给杨谐和先生的。

杨先生是我的熟人。那时都在上海，他住在复兴西路，距寒舍步行十来分钟，因此往来较多。从信札里读出，他结识巨来宗丈，还是我介绍的呢。

杨先生是唱歌剧的，美声派的歌唱演员。他有一位至亲是要人的女婿，因此很多想脱离苦厄的老先生常会求他帮忙。巨来宗丈的信札里颇多此类的要求。

杨先生年齿长于我。可能因为职业的缘故，虽然喜欢求人书画，于古文学比较疏远。信札中有一封巨来宗丈非议一名弟子的，说的应该是心里话，但是又不想让别的人知道，因此在信后写了"阅后丙之"。杨先生大概不明白，所以没有焚去。

那时候，我也还年轻不懂事。记得有一次接到巨丈来信，提到某某"乔梓"，我以为是人名，事后面询巨丈，才知闹了大笑话。原来是指"父子"。

不要说年轻时代，至今头发白了，还有许许多多未知的领域。学到老，学不了。

杨先生后来移居香港，住在鲗鱼涌。我去香港时我们还见过面。他操国语说，我住在"吃鱼松"。那也是二十年前的旧事了。

先入为主，有时是坏习惯。每每看到和尚二字，便马上会涌现精瘦精瘦的弘一法师形象。即便是后来被尊为大师了，也不见负手挺肚、昂首白眼的模样。

怪只怪现在食品太丰富了。电视剧里的老小瘪三，个个油头肥脸。挑演员，要找一个像我那样一脸病容，瘦骨嶙峋的家伙，真的不容易。

师哥张翔宇，瘦似区区，真是一对宝货。前几年，他还住在上海寒舍附近的华山路。他有散步癖，晚饭刚放下筷子，便强我一起散步。一般走到淮海路复兴路口为止，站在人行道上小憩。他抽根烟，我则不老实地四处张望。那里有一家饭店，落地大玻璃，一览无余。看看饕餮英雄，顿起敬仰之意。他们当然也看得到我们。我猜想，他们一定有幸福之感——两个瘦而贫的家伙，只剩了眼福，口水大概都要滴下来了。

我是清贫书生，张师哥骑鹤上扬州，腰缠十万贯。可是刚放下饭碗，实在是没有胃口。

当然，也有嘴馋的时候。一次散步到余庆路，一家面馆门口价目表大大的，有阳春面。啊哟，不知是几个世纪以前吃过的了。我们上前商量，可否两个人买一碗一分为二。结果如愿以偿。

回想起来，也真够丢人的。

2018.11.17

天涯小楼随笔（二）

友人陆加梅医生告诉我，北京一家拍卖行里有一幅徐云叔兄写的横披"林荫书屋"，上款是"茗屋"，问是不是我提供的。她说她喜欢。

那幅字写得十分精彩，印象至为深刻。我请陆医生代我拍下，好像是三四千元，并说服她，让她收下了这件她欣赏的佳品。

横披是二十世纪八十年代初期请云叔兄挥写的。字体是他最为拿手的行书。八十年代中期，我移居日本，留在上海家里的东西，因为保管不慎，遗失了一部分。

那幅横披，和十多件海上旧友赐赠的字画单片，卷在一起，都不见了。有慧珺先生、张森哥的翰墨；还有一枚梅花斗方，是天衡哥有一年春节赐寄的年贺。

"林荫书屋"是遗失的那卷书画中首先出现的，希望其他字画也完好地尚在人间。那是现在年逾古稀的大名家们的早年作品，承载着一份厚厚的情谊。

那时候，我在上海只有一间房间。食于斯，寝于斯，读书写字于斯。但是窗外有小园，窗前栽了一本芭蕉，是从张翔宇师哥家移来的，郁郁葱葱。我刻过一个闲章：一窗芭蕉半床书，记录了那时的悠游岁月。虽然，那时的工资还不满一百元。

我在日本住了多年，也喜欢"踏过樱花第几桥"的诗句，对于樱花，却真没有什么特殊的眷恋。

日本人除了有我们熟悉的武士道，其实也有柔弱伤感的一面。樱花开了，倘若风和日丽，也可延续多日。一阵风，一场雨，零落成泥碾作尘，要徒呼奈何了。许多日本人，尤其是女人，把樱花看作人生——无常，不可捉摸，耐不了折腾……

回日本的前夕，收到一位日本友人松田政义从奈良寄到上海的信件。九十二岁了，在我的篆刻教室里学习过二十来年。

他把自己创作的两颗篆刻作品"独立自尊"和"一期一会"，裱成两个挂轴，装了木盒，打算留赠儿孙辈。他希望我在桐木盒上题签。

甫回日本，我便和他联系。不意因为健康情况的变化，是他的儿子和我通了电话。

两个木盒简洁朴素，溢出传统的审美风格。我研佳墨隶书"松田政义独立自尊巨印轴"和"松田政义一期一会巨印轴"，因为两个印面都有十厘米见方的体魄。

"独立自尊"和"一期一会"是日本的"四字熟语"，就是中文的"成语"。由于彼邦至今还在使用大量的汉字，所以比较容易理解。

日本人来篆刻教室学习，多是为了充实生活，持一份高雅的兴趣。日语称"趣味"。不大有人想做篆刻家，想做大师，想名载史册。他们很有耐心，花几个月的时间，设计、修稿，刻一个大大的八厘米十厘米的大印，在老师组织的展览会里展示一下，图个高兴。

松田老人就是这样的一位爱好者。初学时已经七十多了，但精神抖擞，奏刀利索。而且兴致勃勃地和教室的同道一起，随我来中国旅行了十来次。去过宣城看如何造纸，去过歙县挑选墨锭，去过湖州体验笔工的辛劳，去过福州挖挖田黄……

我已衰老，没有精力再带他们来中国观光。松田也老了，但是期待能在他健康好转后，一起喝杯咖啡，不忌加点砂糖。

2018.12.15

天涯小楼随笔（三）

钱君匋老师在上世纪六十年代中后期，被诬为"反动学术权威"，内心充满了委屈。他写了一封长信想呈戚本禹，欲求其施以援手，并刻制了一方戚的姓名印以赠。戚当时是中央文革小组要员。钱老师深恐措辞有不当处，故先请挚友邹若军先生提点意见。邹读了一遍说，马上撕掉，万万不可，这种人物今天在台上，明天也许就跌落台下，不可信任不可信任。当时我也在场，目击了整个过程。老师听后，马上撕碎扔入废纸篓中。"戚本禹"印则并未磨去，不知还在人间否。

不料只过了几十天，戚本禹突然成了反革命，被打翻在地，消失了。

邹若军先生是上世纪六十年代前期，钱老师在嘉定外岗社会主义思想学习班的同学。当时同班还有歌唱家蔡绍序等十余人。结业以后，老师命我去朵云轩买了十方两毛钱一方的青田石，打磨漂亮，一人赠以一方姓名印。俱收录在老师的《海月盦印賸》中。邹先生是新闻工作者，当时任《文汇报》国际版的编辑。

钱老师还刻过"康生""三洗堂"的对印，以及稍大一些的"曹轶欧"（康生之妻），想请郭沫若转呈之。并刻了一方秦印风格的"鼎堂"送郭沫若。不知什么缘故，竟然没有送出，四方印章现在收藏在桐乡"君匋艺术院"。

这几方印，可以说是钱老师的代表作品，俱极为精彩，尤其是"鼎堂"。

上世纪六十年代，我经常去拜访陶冷月丈。他和郑逸梅、叶潞渊、王哲言诸丈俱为苏州人。这几位老先生，是我常常怀念，并影响我一生的高洁之士。

冷月丈一口苏州风的上海话，轻轻柔柔，没有一点点火气。他的冷艳的山水夜景，至今仍大受藏家的欢迎。他酷爱印章，请许多大名家篆刻。他又想出许多好句子作为闲章。曾请钱老师刻过"故乡第二是三湘"，令我馋涎直流。

听说冷月丈年轻时经常外出写生、创作，深感印章沉而不便携带，便请人制作了许多比三十二开书籍还小的红木扁匣，亲自将印石锯开，打磨成一公分高的扁印，七巧版似的嵌贮于匣内。老前辈中，也仅此一家而已。

我常去拜访时，冷月丈已是皤然一老。他受到过不公正的待遇。但在谈吐中，从未有愤世嫉俗的言辞，平和恬淡如古井之无波，对待年轻人又热情诚恳。郑逸丈、潞渊丈、哲言丈也都如此，我对老一辈的苏州人充满敬意。说句笑话，我是浙江宁波人，但对于我浙江人，真该说一句对不起。当然，也有像王蘧常丈、来楚丈那样德艺双馨的伟大艺术家。冷月丈身后，介绍其生平和艺术的出版物，好像都是其哲嗣为衍兄操办的。为衍兄不是富人，也不叼光射利。费心费力弘扬冷丈的艺术，让现在的年轻一代，知道上世纪出现过一位杰出的新中国画大师，令人十分感动。

2019.1.12

天涯小楼随笔（四）

汪子豆先生，很难界定他是什么家。说是八大山人专家，也许比较妥当。他编辑出版过《八大山人诗抄》。其实，他对美术史，对石涛，对齐白石、潘天寿、丰子恺等大画家都倾注了超乎常人的精力去探索研究。他是一位赤贫的研究者，即使饥寒交迫，仍然孜孜矻矻摘录收集资料，沉醉在学术的世界里。

汪先生是我经常怀念的一位长者。从他身上，我学到了什么叫坚韧；从他身上，我看到了什么叫世态。

常有朋友谬赞我制作线装书，修补线装书为上乘。

这些本领，大多是从汪先生那里学来的，也仅学到皮毛而已。他对于书籍装帧的见解和对线装书近乎苛刻的要求，深深地影响了我。当然，唯有他亲手装订的线装书，方可称为完美。

他为钱君匋老师装订过十多、廿年的印谱。每次，向钱老师收取他垫付的一角、二角的切纸费，从不多收一分钱的利益。他对于朋友的真诚和对于艺术资料的虔诚，令熟悉他的后辈无比感动。

年前，偶遇吴天祥兄，他和汪先生住处相近，接触很多。我们谈起汪先生，都不胜唏嘘。当年，我们都是小青年，也没有多少钱，请汪先生至多一碗阳春面而已。而汪先生又是一位自律森严，不喜欢叨扰别人的传统书生。

陈巨来丈也是一位对艺术追求得近乎苛刻的大师。风闻汪子豆先生制订印谱为当代第一，出几十年来拓存的得意印作之散叶，请订为一部四册和一部一册的两种印谱。并精心刻制了长方小印"汪子豆装"，亲钤于书后。

上世纪八十年代初，因程十发先生和汪先生的挚友张岳健先生的举荐，汪子豆先生成为外岗的上海工艺美术学校的图书资料员。生活渐趋安定，退休后，去了南昌和亲属团聚。

　　汪先生谢世已有十五六年了。最近，友人赵敦堂兄告诉我，浙江有一个汪子豆藏书馆。一打听，原来他的哲嗣把汪先生的全部藏书和资料捐给了家乡开化县。那里建立了一个"汪子豆美术藏书馆"。

　　公正的社会是不会忘记好人的。

　　从大阪的关西空港来上海。飞北京、上海的柜台前排了五六百人的长队，几乎都是同胞。红叶季节，人也特别兴奋。

　　贱躯衰弱，惧手脚迟钝，一般都会提前去机场，生怕误事。按惯例，托运了行李，驳好座位，我会把手提行李放在寄放站，去咖啡馆喝杯红茶，休息一会。

　　我的手提小箱已用了三四年，小巧结实。寄放站的一位日本油腻大叔，瞥了我一眼，我相信他立马就知道我是外国人，"六百二十圆"。我笑嘻嘻地回答："弄错了，这是小型箱，三百六十圆，我在你手里寄放过三次了。"他瞪了我一眼："这是中型箱。"我仍然笑嘻嘻地说："这是日本航空公司规定可带上飞机的小型箱，我至少带上了二十次，中型箱是不能带上飞机的。"他固执地回答："中型，六百二十圆。"没奈何，我只得又摸出硬币，添足了六百二十圆放在柜上的盘子里。但是心有不甘，边数硬币边唠叨："今年的大台风把关西空港的优良服务吹光了，可惜啊可惜。"

他数了三百六十圆，把多余的硬币推到我面前，故作坦然地说："这次就算是小型的。"

同胞们都知道的，要日本人对外国人认错道歉，可能比登月还难。

唉，大概看到大厅里满满的多是中国人，心里不平衡，动了贪欲。是啊，在利欲面前，有不少人是把持不住的。

看，到了节假日，机票涨价了，酒店涨价了，好像天经地义似的。

我是以写字、刻印谋生的一介书生，我们也有价目表，羞答答地美其名曰"润笔"。节假日敢涨价吗？不敢。知道这有点难为情。

2019.1.22

天涯小楼随笔（五）古玩店

很久很久以前，听老前辈说，鉴家赏画，拉开轴头，先看题头。看看文字如何，诗词如何，字又写得如何。倘不入法眼，画也不必看了。这已经成为故事了。

很遗憾，现代的画画人，对于题跋一道往往不太重视。也难怪，他们的老师，像我那样的年龄，古文读得不多，却有博导的桂冠。甚至还有"双博导"，浅学如我，也搞不懂是什么东东。

我在少年时代，上海还有不多的几家裱画店。黄陂北路人民大道那里有一家"刘定之"，八仙桥邮局旁边也有一家。那二家我常去看看。那是我心中的博物馆。我身上常备一个小本子和铅笔，看到题跋，便会抄下来，回家问问父亲。在老前辈家里，看到好题跋，更是问东问西，学点本领。在当时的学校是学不到这些知识的。

久而久之，逐步懂了在题跋小文中，如何表示祝贺，表示感叹，甚至如何发发牢骚……

那时，上海也还有不多的几家古董店。淮海中路长春食品店西首有一家。再向西，过了瑞金二路，在世界皮鞋店旁边也有一家。一家叫新龙，一家叫金龙。新龙的店长，也许是私方经理，大家都称他马先生，好像对钱币很内行。见到好几次，他把薄纸蒙在钱币上，沾上口水，用棉花团揿压，待半干后上墨拓之。店里有一位女店员，是我中学女同学的姑姑"翁姑姑"，我每次都很有礼貌地问好，她常常把柜台里的小古董拿给我看，并告诉我各种知识。那位马先生更是一个健谈之人，天南地北乱侃，我常常一待老半天。有一天，来了一位珠光宝气的太太，问店里"我府上有许多古董，你们可以到我府上去收购吗"。前脚刚出店门，马先生嘴一撇"屈西，自介屋里叫府上"。

那年代，广东路古玩商店还有一开间专卖旧字画的，外国人不可问津，更是我喜欢的地方。顾客不多，但店员并不枯坐，侃东侃西，聊聊掌故，可学到不少东西。

南京路步行街上的朵云轩，一度曾叫荣宝斋，六十年代初是一幢陈旧的砖木建筑。新装后，中央是玻璃天窗，二楼是回廊，一楼是店堂。天气好的时候，阳光还能射进来。二楼回廊里挂了商品字画。有一次见到两副吴让之的篆书对联，写得极为精彩。那时刚从方去疾老师学刻，他又主张我们学吴让之的篆书。所以看了又看，去了好几次，终因价格太高而敛手。一副八元，一副十元。当时广东路古玩商店大概只卖两三元。我问过方老师为什么那么贵，老师那时在朵云轩收购处工作，两副对联的价格就是他定的。他说，因为写得太好了。十元的那副，写的是"钟鼎文字古所重，金石刻画臣能为"。听说都被一个香港人买走了。

现在想来，当时朵云轩装修工程也许是豆腐渣工程。因为装后不久店方接到通知，翌日上午中央刘主席将莅店视察。当天，当然戒备森严，店里的"顾客"不是普通人员。过午，接到电话，刘主席另有他事，不来了。大家松了一口气。不料顶上的一块天窗玻璃，自天而降，一声巨响，摔在店堂中央，跌得粉碎。

2019.2.9

天涯小楼随笔（六）
字画送人有讲究

写字画画也要讲究得体，疏忽不得。

一位名书法家应一对新婚夫妇请，写了一张条幅。书法家选了宋人叶绍翁的一首七言绝句。这位诗人不太有名，那首诗的最后一句却是几乎人人都知道的，"一枝红杏出墙来"。

朋友的千金于归之喜，一位画家应邀出席婚礼酒宴，画家画了一幅画，裱好后作为贺礼带去。打开一看，一丛墨竹，白宣纸，裱头是白绫。

八年前，父亲百岁寿诞。我的朋友画了一幅墨竹条幅为祝。画得很不错，可顶天立地的长竹竿上面没有画全，像是折断的。竹子上面的空白处密密实实写满了歪七歪八的黑字，压得人透不过气。压头款，重重地盖在上面。裱头的绫子也是白色的。白纸黑画，我一次也没有挂出来过。幸好父亲寿数够硬，享年一百零五足岁，按一般的说法是一百零六岁了。按更从前的说法，享寿一百零九。前不久，香港饶宗颐教授谢世，有些报道是享寿一百零一，有些是享寿一百零四。这种计算法，从前谓之"积闰"。意谓百岁老人在一生中遇到过三十六个闰月，合起来是三年，因此比普通人多了三年的寿数。

　　听说，百岁老人寿终正寝，在旧时代是当作喜事对待的。常会有人画了朱竹颂其生平。当然，贺人婚庆，祝人寿诞，竹子更是要用朱墨绘写的。

2019.2.23

天涯小楼随笔（七）惜纸

小时候，听父亲和老师们说，求书画是必须自己裁好宣纸带去，角上还要贴一张小红纸的。那是规矩。

久矣不循矣，社会风气早已变了。我常接到电话，"侬搭吾写张字好哦，几十几乘几十几公分……"于是老朽戴上老花镜，仔细量好尺寸。几十几，还有零数，挺难侍候的。

两年前曾陪朋友去求高式熊丈挥毫。我裁好宣纸，角上黏上小红纸条，规规矩矩写上"敬请式翁丈法书。陈茗屋代求。内容如何如何，赐呼某某"。到了高府，奉上润金和宣纸。式丈一见红纸条，大称赞，说现在的人大多已不懂了，并嘱其家人把红纸条收好。

赐呼某某，也就是请他写上上款的。倘是平辈，从前习惯用"赐款某某"。小辈求前辈，必须要用"呼"。这些知识，都是小时候学来的。

倘要书画前辈称呼你老几，那就在"赐呼某某"下用小字注上"行（数字）"。我大排行老五，我会注上"行五"。老前辈便会写"茗屋五弟"。在书画圈惯用的文字上，"弟"一般是指小辈的。

我在日本遇到过一位青岛画家，画得不错，为人也不错，送我一张画，上款是"茗屋弟"，其实他不过比我年长一岁而已。十分失礼。我估计他是真不懂，不是故意装老前辈的。

巨来宗丈的文章里提到过，吴湖帆先生异常珍惜宣纸，边角料都不舍得浪费。这是真正的士大夫精神，是我们民族的美德。物力维艰，不等闲视之。

我去过安徽泾县做宣纸的小工坊，体会过宣纸制作的艰辛，越发不敢随便对待。

年轻时，和工资相比，宣纸是很贵的。但是我曾经遇到过一次大"捡漏"。那是一九六七年的春天。那时，淮海中路瑞金二路口有一家"泰山文具店"。除了销售文具，兼售纸张。店堂底部有一长排柜子，各种各样的纸张，一叠叠地展示在那边。后面还有一台笨重的切纸机，可以当场切割。平素，那里经营的都是机制的新闻纸、道林纸之类。突然，柜台上叠放着半人高的宣纸，全是汪六吉旧宣纸。一角钱一张。破碎的很多，只要一分两分钱一张。听店员说，都是从张充仁家抄来的，造反派委托他们处理变钱。我那时知道张先生是大雕塑家，洋画功底极为扎实，还能画中国画。距此三四年前，他曾请钱君匋老师刻过"甘苦备尝"一印，老师差我送到张先生家里。他住在合肥路那边，距泰山文具店不远。

我们家当时经济很窘迫，父母的存款全部被冻结，蒙恩享受每人几元钱的生活费。我竟然匀出了一元左右买了一大叠破残的，小心翼翼裁出许多小幅的完整者。

后来，送了一叠给来楚生丈，他画了二十来张山水，连连称赞纸性大佳，还赐赠给我四张八大风貌的。

那一年，我还得到过一大叠八开大小的旧净皮宣，是祝家伯伯苌梅丈赐赠的。祝家伯伯是著名中医，嗜书画篆刻。他把劫后残存的宣纸裁成小幅以避人耳目。如此佳纸，我自己当然舍不得瞎用。那时社会气氛已稍趋缓和，我去探望陆俨少丈。见他在窗前抄写毛主席诗词，长长的毛边纸像手卷似的。看我喜欢，便赐赠了我好几条。

俨少丈家在石库门底层，窗前即是天井，所以他在做些什么，邻居看得一清二楚。除了抄抄毛主席诗词，也不可能画画。他当时的境遇当然也是非常窘迫，手头也没有好宣纸。过了几天，我便把苌丈赐下的净皮小幅佳纸呈上请他赏用。他在这纸上，每张都抄上好几首，小小的行草，字字珠玑，精彩极了。俨少丈赐赠了十多枚。友朋见了无不大称赞，纷纷强索。现在，我手头仅珍护着二枚了。

祝家伯伯苌梅丈，过了不久，因担忧女儿插队事而猝卒，实在是十分意外，十分可惜的。我参加了在斜桥殡仪馆的告别式，限于当时的大环境，自然十分简单。虽然简单，却深深地刻在我的记忆中。那是我在青年时代关心我的一位好人。

曾经请君匋老师为祝家伯伯刻过"荩梅"二字，极精彩的赵之谦风朱文。我把它选刊在最近上海书画出版社出版的，十六本一套的钱君匋卷中，以为纪念。

祝家伯伯的小儿子，是中国美术学院书法篆刻名教授，大名鼎鼎的祝遂之。

2019.3.9

天涯小楼随笔（八）
钱君匋老师的篆刻

　　《海派代表篆刻家系列作品集》十六卷已经正式出版，引起了书法篆刻界的热评。一九四九年以来，篆刻的巍巍巨编，倒还是第一次出现。虽然在旧时代，宣和印社和上海西泠印社也出版过名家系列的印谱，其编辑水准和影响，当然无法与今日上海书画出版社角力。

　　其中的钱君匋老师一卷，我出了一点绵薄之力。起因于三年前，突然接到工美拍卖行廉总的电话。突然，真的突然。因为我人脉稀薄，认识的名人很少，也并不认识这位在拍卖界据说是赫赫有名的老总。他竟然委我担任《钱君匋卷》的主编。年老体衰，水平亦差，我谢绝了。他和徐云叔兄、吴子建兄大概很熟，又请他们二位来做我的工作。云叔兄还推荐裘国强兄来做我的助手。二位老兄弟的情面，我拉不下，勉为其难答应了。

我在上一篇的随笔中，提到了钱老师为祝苍梅丈所刻的"苍梅"。先奉上这枚印蜕，请大家欣赏。吾言不虚，实在是好。离题说一句，行文至此，接到了印友周祖尧兄的来电，告诉我《钱君匋卷》的读后感。我们一致认为，钱先生的水平之高，在海派名家中是名列前茅的。不宁唯是，我私下一直认为，老师门下，我们这些可怜虫，就篆刻而言，距离老师的水平是相当遥远，更遑论"大师"这种天上的等级。

这卷老师的印谱，选材的标准是"精品、未发表过、顾及各种面目"三条原则。老师自编出版过许多种印谱，有不少作品是多次刊发的。如果不是至精的，我们就放弃了。重点，我们放在未发表过的精品。

钱老师是多产作家，据他自己统计，印作当在两万

"莐梅"印

"张纪恩"印

"多情应笑我早生华发"印

"起哉"印

以上。早中年，他为三李一张四位朋友刻印最多。三李，指李一氓、李宇超、李仲融三位老革命。一氓先生是老师在一九四九年以前就熟悉的，其能文，晚年担任过中联部常务副部长。李宇超，担任过山东省副省长，华东局秘书长。李仲融，南京大学哲学教授，早年曾和杨开慧烈士在同一党小组从事革命活动。一张，指张纪恩丈，其早年是向忠发秘书，后来在周恩来麾下从事地下工作，是钱老师最为亲密的朋友。二十世纪五十年代初期，钱老师想从北京调回上海工作，困难重重，据说是在纪恩丈的帮助下如愿的。三李中的李宇超、李仲融二位，也是纪恩丈介绍给老师认识的。现在这卷印谱中，有不少老革命的姓名印，许多是纪恩丈代求的。老师为纪恩丈刻印不但多而且精，尤为奇妙的是有一方"张纪恩"三字姓名印，左下角竟然有"君匋作"三小字。作者署名一般都是刻在印侧的，刻在印面上，而且也可用印泥钤出，一流印家中，史无前例。

卷中还收录白文多字印"多情应笑我早生华发"，上款是"长华战友"，也是值得大书一笔的好印。老师对他人的称谓，刻在边款上，先生、女士、女史、同志、仁弟、贤契、我兄……各式都有，"战友"二字则仅见于此。

在浙江海宁，有"钱君匋艺术研究馆"。正门荷花池后的墙上，嵌有多枚钱老师捐赠印的放大件。第一方，内容也是"多情应笑我早生华发"。如果有幸见到原印，小篆长跋，还刻了四面，足徵是老师精心之作。上款也是"长华"。还有一方与它是对印，也是小篆四面长跋，印文是"两情若是长久时，又岂在朝朝暮暮"。二印俱精彩异常。钱老师晚年，将家中藏品，后来又把"无倦苦斋"的家具、文房用具悉捐海宁政府，遂有"钱君匋艺术研究馆"之设立。经办此事的是此后担任此馆馆长的翁景浩兄。

怎么会有两方印文相同而边款上都有"长华"上款的印章，而其中一方怎么会被钱老师自己珍护？为此，我曾询问徐长华女士本人。据她说，一天"先生"（她称钱老师为先生）拿出两个图章，叫她选一个送她。她选了四面小篆长跋那个稍大的。"先生"一把夺过去说，这个他自己留着，不舍得……

因我的要求，徐长华女士从隔壁房里取来了她珍护的"多情……"印。她的儿媳妇悄悄对我说，你面子大，我们从来不知道她有图章，也从来没有看到过。仅仅过了半年，徐女士走了，享年九十。至今，我还清楚地记得，她语速很快，但常会停下沉思。那天，她告诉我，她认识"先生"时她十六岁，他们是虹口的邻居。

印谱最后一印是"起哉"，这是名画家朱屺瞻先生用印。上世纪八十年代前期，老师为屺老刻了近二百印，是得印最多的一位。那时，屺老的齐白石刻印均还未发还，是时，画作上钤用的均为钱老师的印刻。在好几年中，老师和屺老两对老夫妻，每星期两次聚饮。一次雁荡路上的"洁而精"，另一次城隍庙旁的"绿波廊"，轮流做东，乐不可支。老师为屺老刻的俱大开大合豪迈之极。每次编入印谱或在报刊发表，老师均遵屺老之嘱，或放大或缩小些些，免遭他人仿刻制作假画。

数年以后，据说是二位老太太起了龃龉，遂使二贤相厄，至终不再往来。惜哉。

2019.4.6

天涯小楼随笔（九）高老夫子

老夫子走了。高式熊丈走完了九十八年的人生，安详地西去。二三十年前，熟悉他的后辈常会亲昵地戏称他为高老头。近些年来，大家都不再开这个玩笑，都尊他为老夫子了。但是老夫子还是像周伯通老顽童一样嘻嘻哈哈，老是给他人带来快乐。

高老夫子是个异数。按理说，他的少年、青年时代应该是上学校读书的。先严出生在清朝最后一年，宣统三年，比老夫子早十年，就已经不上私塾，而是接受新式学堂的教育了。高老夫子却始终没有上过学堂，而是在家里，接受庭训，由他的翰林公父亲亲授四书五经。每天还必须用毛笔写字，光《说文解字》就抄写了四遍。

我们熟悉高老夫子时，他已是中年，即便到了晚年，一向低调，从不掉书袋，炫耀自己读过多少多少古书。我很喜欢唐诗，偶尔也学诌几句。和老夫子谈诗才会发觉他对字之平仄，平水韵的韵目熟悉极了。但是他不喜欢练句。这一点，和沙孟海社长相似。沙先生当然饱览经书，于诗词则向不措意，也很少见沙先生的书作有抄录自己诗词的。但是，沙先生和高老夫子都是吾乡宁波的真读书人。

所以，高式熊老夫子的谢世，标志着一个时代的结束——一线篆刻家中，已经没有读过四书五经的读书人了。

唉，如果，如果去年尊他为西泠印社社长，那该多好！时光不可倒转，即使现在再送上一个荣誉称号，也晚了。再要找一个系统地读过古书的篆刻家社长，大概是找不到了。

当然，老夫子不是国学大师。倘若他生活在清代，"光宣侍从"的太史公父亲严厉督教，苦苦向学，也有可能成为国学大师的。但是，老夫子向学以后，时代对他没有这种要求。我记得启功先生谢世时，有一份讣告称其为"国学大师"，杭州的章祖安先生曾撰文抨之。是啊，四书五经固然是国学之一部分，也仅仅是基本而已。但是，就是这"读过四书五经"六个字，恰恰是我们都缺乏的。

对于我们六十岁到八十岁的篆刻家们来说，重要的是"补读"。因为我们读书太少。举凡简繁体字的转换，题跋的撰写等等这些最起码的本领，往往捉襟见肘。老前辈就不一样。一次见高老夫子挥写对联，字的笔画少，显得空荡，落款时既写年月又记籍贯再续年龄，复加上"率尔操觚，工拙不计也"以充实之。不读古书的人，无法应付裕如。而对于读过古书的前辈，真所谓小菜一碟而已。

齐白石有"老年肯如人意"的闲章，而高老夫子是一向肯如人意。三十多年前，我曾随他出访外地。挥毫应酬，几无闲暇，从书记写到司机，一无怨言。四十多年前，上海作协的魏绍昌先生曾请他刻两方姓名印，以赠日本女星。老夫子一口应诺，急就而成。巧的是，这两方印章的印蜕我夹在日记本中，保存至今。

中野良子和栗原小卷是四十年前在中国大名鼎鼎的日本人。那时，睽违多年的日本电影一下子涌进中国，《追捕》和《望乡》，大家趋之若鹜，争相观赏。《追捕》的男主角是殿堂级的高仓健，女主人公真由美即由中野良子饰演。中野那时青春靓丽，小小的眼睛，日本式的美，日本式的野。真由美成了中国人最喜欢的日本名字。中野良子和稍后的山口百惠，成了那时代年轻人的偶像。虽然，在日本，中野还算不上一流明星，当时日本娱乐王国东宝公司的明星年历，她也没有入选。却是在中国，成就了她超一流的明星地位。栗原小卷，演技派大明星。当时，在日本就已星光璀璨，且漂亮异常。在《望乡》中饰演女记者，采访年老色衰的阿崎婆。故事感人至深，追述了日本在成为强国以前，靠大量少女去南洋卖春筹款的悲惨历史。《望乡》之后，栗原又主演了《生死恋》，又一次征服了中国观众。

"中野良子"印　　　　　　"栗原小卷"印

　　高老夫子的这两方印章，一朱一白，尽是他的老实家数，堂皇端庄。边款更是有趣。栗原的是"祝您演出《望乡》和《生死恋》成功！上海观众赠。高式熊篆刻。一九七九年九月"。中野的是"祝您演出《追捕》和《吟公主》成功！上海观众赠。高式熊篆刻。一九七九年九月"。

　　魏绍昌先生是研究鸳鸯蝴蝶派等文化史的名作家。方去疾老师和吴朴堂、单孝天二位先生合作的《古巴谚语印谱》《养猪印谱》就是他策划的，内容均为其撰编。

　　栗原小卷和中野良子早已息影，日本的年轻人早已把他们忘记。中野则还活跃在中日民间交流的活动中。

年前，她推荐在日华人，著名的文物策展人陈建中兄，荣获"第六届中华之光·传播中华文化年度人物"奖。她和建中兄一起出现在中央电视台的屏幕上，依旧星光熠熠。

中野会说几句中国话。每次活动，她一定会故作严肃地说"我是中野良子"，接着又会诙谐地宣称"不！不！不！我是真由美！"还会露出少女般的笑容。

2019.5.4

天涯小楼随笔（十）
《陈巨来先生自抑印谱》序

　　大约二十年前，《安持人物琐忆》开始在《万象》杂志一篇一篇地刊发，尤其在结集出版以后，兴起了空前的陈巨来热。许许多多对篆刻不甚了解的朋友，争相购读，交流读后的欣喜。十年前《陈巨来治印墨稿》的面世，更激起了篆刻界的波澜。近年来，随着好几种巨来宗丈印谱的刊印，元朱文风行天下，势不可挡。

　　毫无疑问，元朱文是巨丈的强项。我曾发出过"前无古人，后无来者"的感慨。后来想想，还是改为"也许后无来者"吧。他的老师赵叔孺公就没有顾忌，直言"元朱文为近代第一"。

敦堂兄编辑的这本手抑印谱，因其大部分为巨丈手抑，尤为珍贵。一枚佳印，当然要钤盖得体，方能充分显示风韵。作者手抑，自然比他人钤盖更为妥帖。巨丈的手抑，却和其他印家大不一样。他不是用印章直接蘸取印泥钤盖。他嫌一般的印泥粗陋，即使是名扬天下的张鲁庵印泥，也不甚惬意。他用右手无名指蘸取印泥，一遍又一遍渡到印面，再事钤盖。所以巨来宗丈亲手钤盖的印蜕，神情毕现，他人难以达到。

在旧时代，巨丈创作了大量的佳作。据他说，一把小刀养活过全家十多口老老小小。即使是交付委件时的印样，这枚印蜕也是用手指蘸泥钤盖，努力做到尽善尽美。巨丈在艺术上一向一丝不苟。收录在本书中的，有许多是一枚一枚从受印人手中收集来的。

是书的主体，是巨丈手抑的两册印谱。一册是早年初从赵叔孺公时的创作。那时，元朱文还未成熟。但是，从中可以看出其成长的轨迹。且有"东亚病夫"曾朴和袁寒云等名人的印章，十分稀罕。另一册系巨丈晚年手抑的自用印集，即有版框的《安持精舍印聚》，也可说是其经典作品的大检阅。这以后，他再也没有创作过自用印，因此也可说是其印作的总结，当然是异常珍贵。内中有数枚附有边款拓本的，是巨丈当时命我椎拓的。

本书中有许多作品，是已经出版的各种印谱中失收的。例如夏连良的二十四印。我得到这些印蜕也属偶然。那是在巨丈的晚年，一次去拜年时，他赐赠了一叠印蜕散页，说是年轻时的作品，说"可惜印泥不大灵光"。细察之，应该不是鲁庵印泥，也不是用手指渡泥钤成的。但是却是很陌生的巨丈作品，乃是一份罕见的资料。这些作品的原石至今也未现世，也不知尚在人间否。夏氏是旧上海的闻人，一九四九年被处理。姓名印章是否被籍没，不得而知。约二十年前，夏氏旧藏的吴湖帆《峒关蒲雪图》，倒曾在拍卖场上出现过。

本书还收录了巨丈为澹静堂张澹庵丈所制三十一印。这些印蜕都是巨丈手抑，交印时附在一起交给澹丈的。可惜原石，且是佳品，均已在一九六六年时被毁。这些印蜕幸而粘贴在一本小印谱上，方能保存至今。澹丈的哲嗣方晦兄特地从纽约提供之。

两册孤本印谱，加上各处收集来的零零星星的印蜕，合衰成帙，成就了现在呈现在读者诸君面前的这一册不平常的印谱。

巨来宗丈的篆刻，尤其是元朱文，应该可以"辉煌"二字概括之。在赵叔孺、王福庵二公之后，毫无疑问是工稳一路的代表者，是当之无愧的大师。

巨丈读过经书，又是大词家况蕙风公的东床，从《安持人物琐忆》可概见其旧学的修养。但是很奇怪，印作却少有长跋的，有的甚至连"巨来"二字都不刻。书中的"黔中袁氏秘笈书画""韵和山庄精鉴之印"，是一九六三年时我在上海古玩商店见到的。那时我不到二十岁，但常去闲逛，和店员叔叔们很熟悉，便用店里开发票的印泥钤出作为参考。店员说，这是荔枝冻和老芙蓉，这么大，一无毛病，很少见的。事后把印蜕呈钱君匋老师欣赏时，老师说虽然无款，仍可断定是陈巨来的力作，好极了。便命我去代他买下。好像是二十元，记不确了。老师又命我送去请巨丈加款。巨丈说，石头太好了，不舍得刻边款，从前经常如此。本书中收录的，是巨丈署名后钤拓的。我取符骥良制鲁庵印泥，用手指渡泥的方法钤成。当然，去巨丈遥远。

书中还有一方"曾在双红鹅馆"，也是在一家"新龙"古玩店里见到的。这方印蜕是用他们开发票的印泥钤留的，时在一九六四年。

十分遗憾的是，我曾钤拓过一方印面高约四五公分，宽约两公分的上佳桃花芙蓉，元朱文"安吴朱氏珍藏之记"。隶书边款，好像是"靖侯仁兄正之，某年巨来"。美极。我曾将拓本呈巨丈审观，巨丈说，此平生第一得意。此印藏之李元翁丈元元草堂，我是在一九六五年钤拓的，听说在一九六六年被磨去改刻毛主席诗句了，而我的这枚拓本也失之于一九六六年。

书中最小的两方作品，是"大千"和"善子"（见图）。起因是张氏昆仲为巨丈绘制了一本火柴盒大小的册页，没有小印可用，也拿不出微小印材求刻。巨丈便自觅了普通小石，在两头，各取了印面的一部分刻成了两个小印，钤于册页。巨丈在晚年，把这两面印赐赠予我，得以呈现在各位鉴家面前，也是一段因缘。

"善子""大千"印

2019.6.1

天涯小楼随笔（十一）无题

　　老了，又不甘颓废，总想再学点本事。忽发奇想，刻了一个"老奸巨猾"的闲章。看了几天，自己还满意，可作引首章，遂置之案头。过了一个星期，突然不翼而飞。其间也不过来过三拨客人，不知给哪位爱好者

"老奸巨猾"印

顺走了。还老奸巨猾呢，真是莫大的讽刺。

　　想想也对，真老奸巨猾的，用得着自己炫耀吗？记起一件旧事，关于老军医的。当然，不是指那位老军医老奸巨猾，虽然是有点老。

那是在九年前，我突然发现胃癌。就在上海寓舍附近的一家部队医院开刀治疗。承朋友们的真爱，好几位陪着内子在手术室外候了好半天。最近，有一位朋友告诉人家，陈茗屋被推出手术室时号啕大哭云。其实那时是麻醉昏迷着的，第二天上午才醒过来，即使想哭也哭不出来的。

医生说手术很成功。躺了两个星期后，又说恢复良好，但按惯例，还要做六次化疗以绝后患。天哪，化疗，痛苦不堪，简直没法用语言形容。事后，朋友们问我感受如何，我回答，即使章子怡在我面前跳舞，也睁不开眼睛去看看。

第一次化疗结束后，我即返回日本去向平日熟悉的医生请教。日本的医生大多很有医德，不胡说八道。仔细看了厚厚的医疗记录说，中国医生处理得非常好，手术非常成功，虽然复印件不太清楚。又说，不过，如果在日本，不主张开刀，可用微创手术，因为是初期并不严重。而且虽然六次化疗也很有疗效，但在日本就不主张，因为超过六十岁，不是很必要，不容易恢复。总之，听得我连连点头。当然，这只是说明中日医疗思维之差异而已。

回到上海，我仍然遵照中国医生的安排，继续化疗。在这期间，一个热情的牛姓朋友，介绍我去看一位据说本领高强的退休老军医。

老军医在城西一幢老洋房里，和几位医生联合成立了一个诊所。当我结结巴巴说完情况，他问，开刀医生叫什么名字。我回答了以后，他哈哈一笑，我当主任的时候，这小子还是小兵呢！原来老军医从前就是我开刀的那家医院的中医主任，不由得令人肃然起敬。

老军医吩咐内子，先去隔壁挂号。过了不一会，但见内子拎了一大包保健药品回来。事后知道，这是他们的规矩。不到一千元，也无可奈何，后来就送人了。

老军医对我说，开什么刀，早点来看我，吃我的中药，老早就好了，我看好了几百个生癌的……最近一个七十多岁的，吃我的药，胃癌马上没有了。他边说边拨电话，"喂，某先生在吗？噢，出去了，好，好，精神很好，全靠我开的药，对，对，吃我的药什么病都没问题的……"放下电话，老军医诚恳地对我说，化疗马上停下，吃我的中药，包侬好，像电话里的老先生一样……又对内子吩咐，以后要吃含硒的米、菜、肉，我来安排，保证永远不复发。

老军医眉飞色舞向我们介绍了他的一位朋友，说市政府专门在浦东拨了三千亩地，给种含硒的米和蔬菜。他边说边在纸上写下了那人的地址电话给我，又拎起电话，"喂，我有一位陈茗屋老朋友，有名的书法家，生胃癌，你要保证长期供应，米菜全要，包给你了……"又捂着电话问我地址，说可以寄来的。我连忙说，请慢一慢，化疗结束以后再说吧。

老军医又转向内子说，他有一位学生从东北进了真正的哈士蟆，吃了绝对美容，而且是助人为乐的好人，不赚一分钱，只收工本费。立马又在处方笺上写下哈士蟆好人的地址，又拎起电话约好隔天上午十时到虹口去拿，只要三千元云。

内子比我聪明，实在不想去买。我逼她去买。因为牛姓朋友是我们的一位好朋友介绍的，要给人家面子。

当然，后来再也不敢去请教那位老军医了。虽然他的中药也许真能吃好胃癌，也许瑞典也正在考虑给他一个诺贝尔医学奖。忽而又想起从前常见的电线杆上各种老军医的招贴，当然，肯定不是他贴的。不过，一想起就浑身不舒服，我怎么跟老军医去混混了。

老军医叫牛朋友陪着，倒莅临过寒舍。我家真当得了一个"寒"字。以老军医的睿智，立马知道我的斤两，对我也没了兴趣。

唉！又想起了远在金华浦江安度晚年的老师兄张翔宇。从前，他住华山路华园时，三天两头见面。一九六几年，他曾挟着两个挂轴，去看望一位大画家，想请老先生掌掌眼。那是两幅任伯年的画。一幅小一点，大的是六尺对开的，都是拳石花卉，都很精彩。大画家眼睛一亮，不由得赞一声"好"。翔宇老哥禁不住，冒充金刚钻，脱口而出"小的一幅最好"。大画家马上接口"既然你大的不喜欢，就留在我这里吧，我画幅画跟你换"。翔宇老哥目瞪口呆，因为是父执，不敢说一个"不"。装出笑容，卷起小幅画轴，恍恍惚惚回家吃泡饭去了。

2019.6.29

天涯小楼随笔（十二）张颂华

整理旧书，翻出一枚书件的老照片。唉，大概是张颂华留给我的唯一的纪念品了。书件中间的"安持精舍"四个篆字，是颂华妹临摹的，原作者是安持老人陈巨来丈。

一九八〇年，颂华妹拜在安持精舍门下学习篆刻。那时，她才二十出头，却已经"退休"。原先她是上海排球队的二传手，遍体鳞伤，不得不退出球队，挂职在市体委，疗伤养病。那时，排球界疯狂学习日本"东洋魔女"的训练方法，异常惨烈，一般人经受不了……

颂华妹是一位善良的女性，对人很真诚，没有一点点坏心。说她好话，说她坏话，她都傻乎乎地一笑了之，所以很得巨来宗丈的青睐。因其不用上班，多的是时间，在一九八一年前后的两三年间，常在陈府一待老半天，还可陪巨丈去雅庐书场听书。一米七的高个，搀扶着瘦小的老人，比专业护士还要贴心。

她从巨来宗丈学印，其实真没学到什么本领，因为她的悟性不是很高。而作为篆刻大师的巨来宗丈，对初学者也缺乏启蒙的经验和耐心。宗丈门下的吴子建、徐云叔、陆康三兄都是有相当基础才投入陈门的，且具有超乎常人的悟性，因此能取得各自的炫目高度。宗丈中年时曾收过一位小弟子，十多岁的张方晦。据方晦哥电告，曾问过老师何为刀法。宗丈的回答妙不可言，"你听说过筷法吗？筷子只要搛得起小菜放进嘴巴，无所谓筷法不筷法……侬只要仔细看我哪能刻，侬就哪能刻，没有刀法不刀法的"。张颂华没有子建、云叔、陆康三兄那么高的领悟心，徘徊彷徨，不得其门而入。因此，常会和我探讨。

"安持精舍"这四个篆字，可以看出颂华妹的书写水平也是属于初级阶段的。但巨来宗丈却大赞为"超超等，头头等"。还请中日四大名家题赞。第一位是当时日本印坛一哥小林斗盦。小林题的是"一九八二年六月，陈巨来先生初访我邦。廿五日莅临敝斋。畅谈之余，出示横额曰'此乃女弟子张颂华所篆也。颂华现年廿三，随余研习书法篆刻，未及三载，能有此成绩，令余既欣且慰'。其时，先生欢欣之情溢于言表。余展视

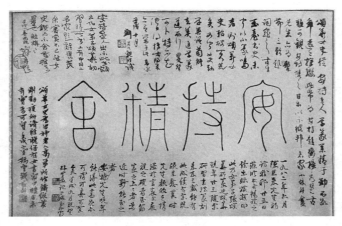

张颂华书"安持精舍"

之，确为玉箸篆之上上者，为近时尠能至之者。安持先生晚年得此高足，亦可谓可喜可贺矣。壬戌九月既望，斗盦记于怀玉印室"。第二位题的是刘旦宅先生，"颂华女史从安持老人学篆，业精于勤。不数年，遂已探骊，此纸为安持题斋榜，秀慧古雅可观。安持携之日本，以示彼邦名家小林斗盦先生，亦为击节三叹，题辞宠之。古来玉台书史未闻以小篆鸣者。则颂华女史殆破天荒矣。又闻女史勤学英语，苟能去美进学，篆道西行，蚩声可卜，特不知他日得博士归来，亦有荣于此者乎。壬戌十月刘旦宅观后识"。第三位是程十发先生，"安持老人出示此书额，云乃女弟子颂华初习时所书。上有中日二名家题辞褒美。余审赏不已。望女史锲而不舍，前程无量也。勉旃，勉旃。壬戌小春，雨窗，十发题"。第四位是钱君匋老师，"颂华女史为安持老人高弟。所作铁线篆，刚劲瘦妍，清雅脱俗，在女书家中旷古未有，实为可宝。壬戌小雪，豫堂钱君匋"。四位大艺术家对张颂华的这四个篆字，赞美不已。今日视之，当然有点那个。不过，陈巨翁的面子，大家都要顾到的。今天天气，哈哈哈！

张颂华在书法篆刻上，一直没有达到可观的高度。她是玩票，不应苛求。一个运动员，能够坐下来，写写篆字，刻刻印章，实属不易。况且，真是个正正派派的大好人。

上世纪八十年代中期，我东渡扶桑，颂华妹嫁去美国。谋生艰难，遂少联络。八年前，我养疴沪上。一天，在家门口扫地，张颂华突然从出租车上跳出，一个美式拥抱，激动异常。二十多年未见，依然如过去一样的好身材，穿一袭朴素大方的老式连衣裙，不施粉黛，也不见老。

翌日，我请了她熟悉的老友张翔宇哥、于长寿哥，旅居西班牙适在沪上的张莺敏妹，在田子坊燕聚。各自说说际遇，只愿余生常相见。

颂华回美以后，几乎每天来电。谈半个小时，我尚能应付，一小时以上，真受不了。她实在是无聊得紧。丈夫走了，女儿单独生活了，寂寞甚矣。她转而去跟长寿哥煲电话粥。过了个把月，长寿哥告我，马上要去美国和张颂华结婚了。他们二位都是我的挚友，那天我正在瑞金医院住院，在病床上由衷祝福他们的快乐晚年。

谁也料不到，一向健健康康高高大大的长寿哥，不过两年时间，因白血症，竟突然逝于大洋彼岸。那天早上，颂华妹来电，说长寿在夜里走了。这以后，一个多月，颂华妹再也没有来电，打过去也无人接听。我拜托定居纽约的许茹芳妹前去看看，并告以地址。开门的是颂华的哥嫂，说在长寿走后不久，也走了，癌症。

人生无常，谁也算不出自己的明天。长寿颂华新婚不久，我曾介绍他们去结识巨来宗丈的早年弟子张方晦哥。他们俱居纽约。方晦哥后来在电话里兴奋地告诉我，第一次被人称为大师兄，感动莫名。

这件书件的原件，大概是被颂华妹带去美国了，不知还在人间否。顺便提一句，小林斗盦的题辞是巨来宗丈代撰的。

2019.7.27

天涯小楼随笔（十三）墨缘

养疴甫回扶桑，同门古浩兴兄兴冲冲地告诉我，收得了一锭上佳的旧墨，并用微信把照片和文字附件发我欣赏。

真是一锭好墨。出身好，制作精良，证明文件完好无缺，非常难得。馋涎欲滴，引得我冒着酷暑去京都浩兴兄府上一睹芳颜。

墨长尺许，像一条独木舟，圆鼓鼓的，古气盎然。入手便知，迥非凡物。正面有"华烟飞龙凤皇极贞家墨"十楷字，每字中间均有小圆点隔开，而"凤"和

"皇"中间的点是红色的，当为句读。其中"极"不写作"極"而写作"撼"，是从了唐代以前魏碑的写法，现在已不多见。背面有"开元四年丙辰秋作贞"九个红色楷字，最后的"贞"不知何义，大约是墨匠的名字吧。

开元是唐玄宗李隆基的年号，开元四年是公元七百十六年（丙辰）。距今已有一千三百零三年。浩兴兄得到的是千多年的原物？看看不像，没那么久远，虽然也有相当年头，而且制作极为讲究，绝非山寨版流。仔细一读所附文件，才知虽非唐代遗物，却大有来头。

复制唐墨

原来是日本一流的制墨会社，吴竹精昇堂，一九七六年为庆祝创业七十五周年，复制了有编号的二百锭"华烟……"唐墨。浩兴兄获得的是第五十二号。

这锭佳墨的原型系珍藏在正仓院的唐墨。这锭宝贝是当时的遣唐使阿倍仲麻吕从长安带回的。吴竹精昇堂完全复制了这锭唐墨的外形，做到酷肖，而墨的成分无从得知，也不可能研磨获得墨色。他们花了大功夫，从古代文字里了解唐墨的材料和制作工艺，又从正仓院珍藏的，相当于盛唐时的日本圣武天皇、光明皇后的书迹墨为标准，制作了二百锭佳墨。

为什么要以天皇和皇后的墨色为标准呢？因为当时为了学习先进的大唐文化、艺术和科技，许多遣唐使、留学生前往长安，带回了许许多多的大唐物件。墨锭也带回不少，因来之不易，也仅供最高层和大官大文人享用。据记载，当时的天皇和皇后当然使用最高级的唐墨。因而，据此制作，当最为接近。

日本人做事，相当认真。商人造物，也像我们的先人一样以诚信为本。所以虽然无法将此墨与正仓院的原物放在一起比较，相信是仅"下真迹一等"无疑。

近年来，我同胞赴日本观光购物，联袂不绝，对彼邦的了解也渐趋深刻。有不少圈内的朋友还特地在每年秋季前去观摩一年一度的"正仓院展"。

正仓院是珍护我大唐文物的最权威的宝库。举世仅见的唐代螺钿紫檀五弦琵琶即是其镇库一宝。不宁唯是，遣唐使等人携回的大唐服饰、家具、文具、乐器、兵器；经大唐传来的西域文物；奈良时代（我盛唐时）日本仿制或创制的唐风物件……充盈其间，佳品举不胜举。

当时渡来的大量物品，毫无疑问，至佳者为天皇所有。而当时的天皇，又极其崇拜仰慕我大唐文明，刻意模仿学习，乐不可支。

我盛唐玄宗时，日本圣武天皇驾崩，光明皇后将天皇日常用品和珍爱的大唐文物交奈良东大寺，收入其库房正仓院保管。

历经战乱，正仓院始终未受扰损。其特殊的木结构库房，妥善地把文物一代一代保存下来，不可不说是世界的奇迹。到了近代，明治时代，正仓院划归皇室，由宫内厅管理至今。正仓院珍护着迄今为止最全面、最丰富、最具价值的大唐文物，且绝大部分是绝世孤品。

现在，每年秋季，都会在奈良国立博物馆举办"正仓院展"，轮流从平时秘不示人的九千余件宝物中，挑出六十余件展出。今年，为了庆祝令和天皇即位，除了在奈良的七十一回正仓院展，又将在东京国立博物馆举办"正仓院的世界"特别展。这将是史上最强的正仓院展。展品包括宝库第一名品，那把传奇般的琵琶。

唐墨会不会展出，尚不清楚。据资料显示，院里珍护的唐墨有十五锭之多，"华烟……"是十五锭中第二大的墨锭，现长二十九点六厘米，估计千多年前，应该更长一些。

据正仓院资料披示，此墨背面的"开元四年丙辰秋作贞"下面还有四个模糊已不可辨认的文字，毕竟年代太久远了。

李太白曾有颂墨的名句，"上党碧松烟，夷陵丹砂末。兰麝凝珍墨，精光乃堪掇……"据此估计，唐代佳墨是以山西上党山中的松树之灰末、湖北夷陵的丹砂和名香兰麝等物制成。但我们现在惯用的油烟墨，那时还没有出现。唐人喜用的是松烟墨。至今，日本书道家犹喜松烟墨挥毫，且以继唐风自美。

我比他们更牛，在日本常用"上国书生""大唐行人"两个印章。唐代把使者叫行人，有行人司。和他们开开玩笑。

唐墨，存世不多。以我之孤陋寡闻，也不知我中华大地还有存者否。正仓院的墨，谁也不敢去磨几下。浩兴兄新得的复制品，现在也稀罕得紧，不舍得磨用的。况且复制时，售价就达十万日元一锭，不是一般书家用得起的。一位日本朋友告诉我，一九七七年，比复制墨晚一年，他大学毕业，一个月的工资只有八万日元。十万日元，在七十年代是一笔大数目。

2019.8.24

天涯小楼随笔（十四）日记一束

　　鲍晓峰弟来电，说我写给他的对联，把"星辰"写成了"星晨"，有人说是错误的。放下电话，想想是错了，立马重写了一副，用国际快递从大阪寄去浙江浦江。

　　仔细想想，好像古书里看到过"星晨"的，而且这一副对联，我是抄了吴让之的原文，他写的是小篆，我则以行书成之。找来找去，吴让之对联的图片找到了——名高北斗星晨上，诗在千山烟雨中。

　　查了查《说文解字》（我国最早的权威字典），有

242

"辰"也有"晨",但并未说明相通,仅在"晨"下注明"或省作晨"。又检阅了段玉裁的《说文解字注》、史恩绵的《说文易检》和日本的《篆刻字林》等书,终于明白了。"星辰",原先是"星晨"。古文中,在星辰这一意义上,"晨"和"辰"相通,"晨"最早写作"晨",所以"星辰""星晨""星晨"是一样的。

但是,在一般的用法上,在白话文里,还是"星辰"为妥,大家都习惯了。歌手哆兮兮地唱着"昨夜星辰……"字幕打出"星晨"观众都会以为打错了的。当然,在书法篆刻的领域里,作"星晨",毫无疑问是没有问题的。

段玉裁是清代人,公认的研究《说文解字》的权威。在那个时代,研究小学(文字学)的,大有成就的,所在多有。有学者说,因为清初的文字狱,造成了学人都投向故纸堆,去研究古文字,与朝政绝缘。所以有清一代,文字学达到历史的高峰。不但涌现了许多文字学家,也造就了许多擅长篆书的书法家。

友人委我篆刻姓名印时，常会遇到尴尬处。因为有许多字，古代的写法与现代不同。有的甚至根本没有，要去找代用者。

现代人名常用的"辉"，古篆作"晖"或"煇"；"斌"古篆作"份"；"杨幂"当篆作"杨冖"；"洲"当作"州"……

倘依照古篆成印，那末，在法律意义上，这不是你的信物。因此，遇到这类文字，我一律造一个新篆字，不遵古律。"张辉"就是"张辉"；"李斌"就是"李斌"。

当然，如果在闲章里遇到这些字，应从古律，用本字。可惜，也会遇到尴尬——我刻过《说到人情泪欲流》，要命的，"泪（淚）"的本字是"涕"，如果刻作《说到人情涕欲流》，小朋友都会大笑。我只好自说自话刻作"淚"。

二十多年未见的杨晓珍妹赏饭，且挑了很有诗意的国泰电影院的楼上。

从前她精瘦精瘦的，现在略见丰腴。比从前更具明

"说到人情泪欲流"印

星相，依然风采熠熠。

　　她是朱逢博大师的传薪者；主唱过《白毛女》。那时，颜值高，歌声美，台风靓。唉！一个遥远的故事。

　　上一次见面，是在她移居香港以后，我途经香港回内地。我记得还问过她练不练身段，她在唱白毛女前，是京剧院的演员，做功唱功俱为一流，是有名的后起之秀。

　　说起她改行当独唱演员，也真是因缘际会，一段巧合。当年逢博老师主唱白毛女，想设一个 B 角，而在本剧组里一时找觅不着。有人推荐说京剧院一个小姑娘唱歌极为出色，便把晓珍妹找来试唱。逢博老师大为满意，立即把她调到了上海芭蕾舞团《白毛女》剧组。

那时，《白毛女》剧组是样板团，调人当然畅通无阻。

我们是老邻居。她虽然没有学过篆刻，却也常去看望钱君匋老师。和我一样，都叫钱家伯伯的。在晓珍妹眼里，钱家伯伯是一位有趣的老人。她说，有一次，她见钱家伯伯和钱家姆妈在吵架。原因是要去参加别人的婚宴，需要一个红封袋。钱家伯伯把礼金装入白信封，又用红颜料把信封涂成红色，结果钱家姆妈变成了红手掌，大不高兴。

二十世纪六七十年代，不像现在的烟纸店里都有红封袋，随便走走，就能买到。

其瑞宗兄打电话给我，说读了《夜光杯》上的《张颂华》，感慨不已。又深自忏悔，说当年把张颂华的印章删掉很不应该。

我已完全忘记有张颂华那回事。一九八五年，上海书店打算出版《陈茗屋印存》时，其瑞宗兄是责任编辑，他和叶青兄在审稿时，曾删去了一些印章。他说他删去了"张颂华"。而我印象至为深刻的是，他们坚决主张删去"张爱玲"三字姓名印，还说这种写小说的女人没必要放在印谱里。其实，他们误会了。这个张爱玲是我当时工作的十二中学的毕业生，许多届的羽毛球世界冠军。好像是一九八四年，她是团市委表彰的青年突击手，一共有好几位。团市委命我刻印作为奖品颁赠给他们。和那位色戒的张爱玲风马牛不相及。

《陈茗屋印存》是一九八八年底印成的，我已去了日本。记得还得到了八百几十元几毛的稿费。当时，我是停薪留职，而学校又正在准备建茅丽瑛烈士塑像。她是十二中学的前身启秀女中的职员，一位伟大的爱国主义者。我把这笔稿费捐赠学校，塑建了烈士的半身像。

现在，十二中学已不复存在，校舍给了启秀实验中学。半年前，现任领导嘱我书写了"百年启秀"的匾额，悬挂在纪念堂门口。我去参加了揭匾仪式，瞻仰了已被移到东墙边的茅丽瑛烈士像。当初，是矗立在校门口的。

"百年启秀"匾额

2019.9.21

天涯小楼随笔（十五）戏说糊涂

　　最近，网上看到杭州振濂宗兄的一幅书作。内容好，写得也认真。落款连名带姓"陈振濂"。下面钤盖了两方白文方印，一方是"陈振濂印"，另一方是"陈振濂"。倘若书作不是赝品，倘若印章真是作者手抑，那么，这有点可以讨论讨论了。

　　落款署名，有姓有名，并无不妥。钤盖一个姓名印，示信，也无不妥。问题是再钤盖一个姓名印，就有点前人所说"屋下架屋，床上施床"的重复累赘了。

　　况且，振濂宗兄的那幅作品，还钤盖了一方引首印，朱文的花押，一个行楷汉字"陈"，更令人觉得有点不舒服了。因为既然署名已有"陈"，所钤印章又有"陈"，就不一定有必要再钤一个"陈"字了。再说，可供选作引首的内容多了去了。

按我的幼稚的想法，书作上钤印，大概是为了三个目的：一是钤盖姓名，为了示信、负责，郑重之意也；二是起个补充说明的作用，倘若署名"茗屋"，钤盖的也是"茗屋"，读者就不知道这个作者是张茗屋还是李茗屋，钤盖了带姓的印章，或者一个"陈"，使人知道作者叫陈茗屋，假如再钤盖个别署、籍贯类的印章，或者诗句类的闲章，使读者增加对你的了解，更是好事；三是为构图、布局、轻重的安排，或钤盖一个红色浓重的印章增加分量，或钤盖个细朱文避免喧宾夺主，或索性钤盖几十个，学学康熙乾隆宣统，尝尝御览的快感……个中的道理，妙处难与君说。

振濂宗兄身居要津，虽然没我衰老，也不太年轻了。上了点年纪，有时会糊涂。像我，是糊涂得一塌糊涂了。

曾经写过一副对联，上联写了"抱鹤看琴去"，挂在一家画廊，竟然还骗到了阿堵。上当的是一位化外施法的律师。他后来读出不妥，通过一位朋友来问我有何出典。我看到自己闯的祸，差点昏倒。赶紧重写了一副"抱琴看鹤去，枕石待云归"道歉补过，并在原联上注明错误，说明正确的应该是如何如何，璧赵。

　　唉，原本就糊涂，加上老衰，更是不堪。说到对联，还有过一件荒唐。瑞金医院的胡大夫，既是好朋友，又是我的保健顾问。指定内容要我写副对联赠送一位企业家朋友。平素写对联，如是行草，不习惯折格子。句子长，要写龙门对，又是隶书，我便算好字数折了格子，分两行书写。上联第一行是"发上等愿，结中等缘"，第二行是"享下等福"。下联第一行短"向宽处行"四个字，第二行长"择高处立，寻平处住"。这样的一副对联，共四行，左右靠边的两行长，中间的两行短。看起来，像繁体的"门"字，圈内叫龙门对。读起来，上联按正常次序，下联则从左行读起再读右行。全文是"发上等愿，结中等缘，享下等福；择高处立，寻平处住，向宽处行"。相传是左宗棠所撰。

"发上等愿·择高处立"对联

糟糕的是，上联第二行只写了"享下等"，竟然漏了"福"字，竟然就送出去了。

等到对方发现，我真臊得无地自容。赶紧重写，又在包裹的大信封上写上"福来了"三个大字。人家是生意人，多讲究吉利。我真是荒唐至极。

唉，人老了，常会得一种老年病，日本人的说法很儒雅，叫"认知症"。我们国人的说法相当粗鄙难听。区区祖籍是旧宁波府镇海县，古时称蛟川。近来，我宁波人，尤其是蛟川人，好像特别容易得这种病。我常犯的错误，大概已经可以归在初级阶段了。

说点高兴的事吧。北京敦堂兄费了很多心力的《陈巨来先生自抑印谱》出版了。这几天涌现了许多介绍的文章。也提到了旸若先生，他是巨来宗丈的胞弟，能印，早年谢世。谢稚柳先生与他有旧。在这些介绍的文章中，也刊出了谢先生所题的《陈旸若遗印》书迹。谢先生署名"谢稚柳"，钤盖了两方印章。一"谢稚印"，另一个是"稚柳"。老前辈就是老前辈，小处见大，在在洋溢着非凡的修养，值得我们读书不多的一代人注目、礼拜。

2019.10.19

天涯小楼随笔（十六）
"大汉气象"花絮

月初，南京印社成功地在徐州举办了"大汉气象——国际篆刻名家名社邀请展暨中国·徐州两汉金石文化论坛"。

七十多名印人，包括日本和马来西亚等国的友人与会。展览大厅悬挂着风格各异的印屏，显示了我国当代的篆刻水平。由于展有外国友人的作品，也可说是显示了亚洲当代的篆刻水平。

篆刻，虽然是小道，仍可说是雕虫小技，因为喜欢的人多，现在成了老百姓喜闻乐见的文艺形式，倒也不可小觑。不过，南京印社作为一个纯民间团体，挑起这么重的担子，举办如此规模的活动，不得不令人佩服。而且，在徐州当地书法篆刻团体的协助下，还说服当地的收藏家，在会场的一个又一个玻璃柜台里，展出了秦汉古印、汉砖和汉砖制作的砚台……由于是私人珍藏品，从未公开展览过，吸引着大家，甚至胜过墙上的各路英雄的作品。尤其值得大书一笔的是，竟然展出了传奇般的汉代"滑石印"，令孤陋寡闻的区区大开眼界。

严肃的篆刻家都知道，创新固然重要，以秦汉为圭臬同样重要。秦汉玺印，大多是铜质的，也有不少量的玉印和金银质的。过去，大概都认为以石为印，是从元、明开始的。近些年，听说出土了石质的汉印，现在展示了几十个私人秘藏，令我大吃一惊。但隔了玻璃，未能一亲为憾。

篆刻的展览会，我参加过许多次，原以为是老套路，加上已近年末，要回日本过年，本不打算参加。承南京印社的朋友一再敦趣，只得安排时间前往。但真的

255

是不虚此行，收获多多。真希望我们的海上印社，也能举办甚至更好的全国性和国际展览。

观展以外的活动，同样精彩。开幕当天的下午，举行了研讨会。和常见的吹吹捧捧的套路不同，严肃的与会者，能够提出截然不同的意见。虽然北方已是残秋，场内却是春意盎然。举一个例子吧，我的同门兄徐正廉，思路一向前卫，他提出一个观点，说虽然无法突破唐代楷书的壁垒，但是在草书和篆刻方面，我们已经超越了古人……西泠同社兄李早笑嘻嘻地反驳，说不赞成正廉兄的观点，虽然大家是好哥们。早兄说，现在的草书不要说和唐代比，有谁能超越明朝的祝枝山吗？篆刻不要说和秦汉比，有谁能超越吴昌硕吗……

徐正廉兄和李早兄，也是我的好哥们。不过，我赞成早兄的观点。不薄今人爱古人。

会议之外，还组织大家参观了博物馆和楚王陵。主要是观摩汉画像石和出土的汉代文物。吸引我的，倒不是金缕玉衣之类的国宝，而是楚王陵的本身。凭借简陋原始的工具，一锤一锤在坚硬的石山凿出百多米的地下通道和一个又一个的洞窟，简直无法想象。两千年前的劳动者，显示出的伟大精神，不得不令人佩服得五体投地。

在这几天的活动中，晤老朋友，识新朋友，忙得不亦乐乎。特别应该记录一下的，是香港中文大学的唐锦腾先生，一见如故。因为他是大篆刻家叶潞渊丈的崇拜者和研究家。一提到令人难忘的潞丈，彼此都有说不完的话语。唐先生是马国权先生的篆刻弟子，因为马先生的介绍，他曾来上海叶府拜访，还请潞丈刻过几方印章，这应该是潞丈的最晚期作品。

在交谈中，唐先生问我，说叶潞渊先生的汉印刻得非常好，该如何概括其特点呢。我回答说，苍茫。不意背后突然有人插嘴，操着嘉兴桐乡那一带的口音，说叶潞渊没有苍茫的。我瞥了一眼，回答说，叶潞渊先生比他的老师赵叔孺先生，比他的师兄弟陈巨来先生，大概可以说苍茫二字。

唐先生把叶潞丈的作品，两个字的，三个字的……分门别类，整理得有条有理，下了极大的功夫。这是我见到的第一位真正研究潞丈印艺的专家。佩服。

我也是叶潞丈印艺的崇拜者，三四十年前有幸经常聆听教诲，也搜集了一些潞丈的印蜕，而且有一些是唐先生没有见过的。附图的两方巨印，每一个廿八字。唐先生听了大为吃惊，连连问我缘由。唉，五十多年了。那是辽宁省博物馆为了充实印章藏品而征求的。内容是指定的毛主席七律。印石是馆方提供的，大五公分，惜质地很差。潞丈命我磨平印面，极松软，且软硬不均匀。潞丈刻好后，持印蜕往访钱君匋老师，恰我也在座。老师读了印蜕，连连称好。的确，两方巨印正大气象，严谨端庄，又显苍茫。突然，钱老师"哎啊！潞公，错了！黑手高悬霸主鞭，不是霸王鞭"。原来叶潞丈误刻了"王"字。潞丈连连"哎啊，哎啊"！想了一想，说还可补救。椅子还未坐暖，便匆匆归去。

第二天，特地诣谒潞丈，丈出示修改好的印蜕，把"王"的上面一横，两头向上一翘，中间加了小小的一点，成了"主"字。

我检出这枚印蜕，发给唐先生存档，也高兴地贡献给各位读者欣赏。

叶潞渊丈的两方巨印

2019.11.16

天涯小楼随笔（十七）
潘伯鹰《玄隐庐录印》序

潘先生是我崇敬的大前辈，可惜请益的机会不多。我第一次见到他，是在永嘉路上海中国篆刻研究会。那时，我和驻会办公的胡问遂丈、翁闿运丈较为熟悉，会去那幢小洋房拜谒他们。和潘先生则没有交集。第一次和潘先生交谈，聆听他的教诲，是在他晚年住院期间——君匋钱老师要我准备两支小毛笔，磨一小瓶好墨汁，带我去医院看望潘先生。老师要请他题写签条，说也可代求。果不其然，那天，潘先生当场赐题了两条"池寅盦印媵"。当然，先为钱老师题写了好几条。那天，对我来说是重要的一天，对钱老师，更是重要的一天。潘先生从枕头下掏出一张皱巴巴的小纸片，嘴里说着"无倦苦斋，无倦苦斋"，听得钱老师一头雾水。接过纸片一读，老师大欣喜。原来潘先生为钱老师起了"无倦苦斋"的斋名，并拟就了印跋。第二天一早，钱老师就篆刻了那方后来闻名遐迩的白文"无倦苦斋"，并把潘先生撰写的长跋一字未改勒于印侧。

潘先生是享有盛名的大书家。窃以为，近代帖学的巨擘，沈尹默先生、白蕉先生和潘先生是当之无愧的。潘先生的书法高度自有公论，毋庸区区置喙。而他的《中国书法简论》，则是我青少年时代读过好几遍，并买了好几册赠送朋友的。

移居日本以前，我居沪渎。江南书坛，过去受董玄宰的影响，近世则为沈先生、白蕉先生和潘先生所笼罩。所谓桃李不言下自成蹊，继起者众。那时，除了有一位李丁陇先生，树着异帜，出格的并不多，也还没有出现用扫帚般的大笔在地上划来划去的。

　　潘先生不但是超一流的书家，更是一位学问家。看他为君匋老师所撰无倦苦斋的印跋，言简意赅，足见其旧学之深邃。而且他交游极广，和许多印家交往密切，请刻了许多印章。

　　先生晚年，曾有集拓用印成谱的打算。后来，荷君夫人央钱老师，遂有委符骥良先生钤拓之举。有过好几次，老师命我去荷君夫人处取印还印。不管是符先生取来，还是我取来的，都会先呈老师审鉴，而老师必命我先用肥皂把印面洗净，钤拓一份。因了这个机会，我手头便留有一份完整的《玄隐庐录印》。

　　钱老师委符先生钤拓的，听老师说，共有四份。倩汪子豆先生装订后，一册是给荷君夫人的，一册是符先生的，一册为钱老师珍护，另一册钱老师赠送给了叶潞渊丈。前些年，我见到过坊间没有边拓的钤本，小本子，印泥佳，钤得好，一望而知出自符先生之手。猜想是他钤了送人的。

　　可惜，这件工作没有赶在潘先生生前进行，是十分遗憾的。荷君夫人的那一册，她后来赠给新加坡的周颖南先生。周先生将其印刷出版。新加坡喜爱此道者不多，印数也少，流传不是很广。在我国内，见过的人也实在稀少。但是，这部印谱的内涵却十分丰富，收录的名家多为一时之秀。春兰秋菊，各擅胜场。相信各位读者会赞成区区的孔见。

我钤拓的这一份印谱散页，一直没有装订，经过各种变迁，竟然得以保存下来，虽然散失了几页。前些年，上海辞书出版社刊印了潘先生的好几本著作，也有出版这部印谱的打算。策划者朱来扣兄曾陪同该社编辑莅临舍间，不意后来竟没了下文。现在敦堂兄有意于此，实在是功德无量。潘先生殁于一九六六年，五十三年过去了，文化界并未将其遗忘。

潘先生是一位值得纪念的大文人。善书，工诗，能文，精于鉴赏……从他的用印，也充分反映出趣味之高尚，尤其是他的闲章。听说，很多学人极为赞赏潘先生的旧体诗，有人甚至把他推为近代诗坛的祭酒。抄录一首先生的小品，借作拙文的结束——诗意飘然落我旁，待教提笔却苍茫。沉沉碧海浮珊岛，万古无言对大荒。

"夏云随风"印

"如卿所言亦复佳"印

二〇一九年十一月廿九日于大阪

264

天涯小楼随笔（十八）春节偶书

前一阵，不知哪一位在日华人的努力，找出电影《追捕》的未删本。发到网上，一下子涌起一波热潮。二三十年前就来到日本的中老年华人，都有迷恋《追捕》的经历。

当年，我们在国内看到的《追捕》，其实只有原版的五分之四。原长约两个半小时。剪掉的其实只有两个片断是少儿不宜的，其他都是一般可以接受的情节。原因，也许是为了把时间压成两小时，这是我瞎猜的。

在改革开放的初期，能够上映这样一部高水平的日本电影，情节动人，女主角青春靓丽，男主角演技高超，当然会引起轰动。

情节其实并不复杂。一位正直的检察官，怀疑一起案件有内幕，陷入了被诬告的漩涡。为了自证清白，洗清冤枉，开始了边躲避警察的追捕，边查找事件真相的逃亡生活。女主角出现了，她是富家千金，帮助了这位检察官，爱上了他。结局当然是皆大欢喜。但是，曲折又合情理，虽稍有夸张，绝不是神剧。

女主人公真由美，成了中国男人几乎人人喜欢的梦中情人，饰演者中野良子成了中国观众心中超一流的大明星。其实她在日本远没有达到这个高度。但当时年轻，表情青涩，日本式的美加上西洋的作派，的确演得成功。

男主角由殿堂级的高仓健饰演。演技自然是火候恰到，观众应该仰望的。高仓健的脸相很特别，刀削般的轮廓，冷冷的表情，几乎没有笑容，却处处溢出男性的尊严，是韩式小鲜肉无法望其项背的。

中野良子和高仓健是我们中老年难以忘却的记忆。

年轻一代可能也有知道高仓健的，因为距《追捕》多年以后，曾出演张艺谋的《千里走单骑》，也是堪称经典的好影片。

　　我曾有幸和这二位明星有过一点点交往。先是中野良子，因为当年《追捕》献映，中方邀请她来中国访问。白杨前辈要送中野一枚印章，命我篆刻，即是附图的这一枚。在前辈的安排下，还一起吃了饭。中野送了一张签名的黑白照给我，俏皮地说，这是她唯一的一张漂亮的照片。

"中野良子"印

　　我移居日本以后，她还要我刻过几枚印章。其中一枚是"真由美会"。这是她组织的一个团体，主要是面对我中国影迷的，现在恐怕早已烟消云散。日本的年轻人比我中国青年更不知道，曾经有过一部叫《追捕》的电影。

高仓健是我到了日本，住在东京时才有交往的。一九八九年，一位和日本众多明星都熟悉的小叶找我，说高仓健见到我为白杨前辈所刻的印章，非常喜欢，想要我刻一个"健"。是我崇拜的大明星，当然十分乐意，即是附图的那一枚。他还招待去一家有名的小店品尝寿司。没有一点点的傲气，对旁边的食客微笑点头，不卑也不亢。小叶在东京留学后去了澳洲，我也搬过许多次家，三十年未通音问。如果相见，真是白发对苍颜了。小叶姓段，当年，大美人。

"健"字印

中野良子和高仓健，因了《追捕》，和中国观众结缘。中野早已息影，住在日本关西。高仓则已在五年前谢世。《追捕》在中国上映时，虽然家喻户晓，倒也未必万人空巷。一部影片，能达到万人空巷的程度，我所知道的，不是外国电影，而是国产片，张艺谋导演的《菊豆》。

西递和宏村，朋友们大概都知道，大大小小的旅行社都会有这个旅游项目。那是在黄山西南麓叫黟县的小县里的两个村庄。我一九八三年第一次到达那里时，还没有被辟为旅游点，几乎没有光顾者。我请村民割爱，收到过木对联和竹抱柱联，至今还挂在上海的破屋里。真的古董，百余年的资格。那时，那里民风淳朴，一脸真诚，绝不骗人的。

当年，我是去黟县县城西南的黄村考察，探访清末大书法篆刻家黄牧甫的故居。刚改革开放，百废待举，县政府的电话是手摇的，看得我目瞪口呆。到黄村不过十六七里路，只能坐一段摇摇晃晃的客车，然后，顺着手扶拖拉机小道步行前往，一脚高，一脚低，好不累人。

听说黄牧甫的小女儿嫁在三里外的南屏村，还健在，其家存有许多黄氏遗墨，我又踏着田埂前去。那是一个极为宁静的村子，全是明清古屋，保存良好。尤其是明代建的，柱子都是方的，可见用料之讲究。在我之前，很少有外人去惊扰。

几年后，张艺谋看上了南屏村，特地造了一条通往县城的大道。他率领摄影组，住在县城，每天坐车前往拍摄。那个小村，家家都拿得出和微笑着的巩俐的合影。那部影片，就是《菊豆》。成片以后，没在国内上映，据说在国外得了大奖。又过了几年，为了答谢南屏的村民，特地在县城为他们放映了一场。后来，眉飞色舞的村民告诉我，南屏村所有的人，除了瘫在床上的，包括刚生好孩子的抱上孩子，全去了。当地农民当时还没有助动车，更遑论小汽车。二十里路，有许多是走着去的。这才叫万人空巷。

2020.2.6

天涯小楼随笔（十九）华师大旧事

　　全民抗疫，海外侨胞也不甘人后，努力支援。华东师范大学收到了日本华师大校友会寄来的一万多只口罩，纸箱上标着"加油！中国！"还写了唐代韦浣花的诗句"此去与师谁共到，一船明月一帆风"。

　　感动，我忍不住刻了"一船明月一帆风"。

　　华师大和上师大，许多年以前，我曾和学生们一起研习书法篆刻。所以这么多年来，这两个学校的消息，我都会关注。

　　华师大近年来，培养了许多书法篆刻的人才。四十

"一船明月一帆风"印

来年前，我作为客座教师，曾有幸在该校教过书法篆刻。那时候，风暴刚刚过去，上海的大学里几乎都没有艺术系。华师大是第一个筹建的。

上世纪八十年代初期，汪志杰哥获得平反，在市里一位首长的安排下，到华师大筹建艺术系。那位首长是他的伯乐和知音，他们曾在东北的一个农场度过艰难岁月。

当时，汪老哥是光杆司令，一切从零开始。唯一的助手是他寸步不离的夫人。汪哥是洋画家，对中国书画的了解，不是太深刻。鉴于在一起经历过不平常的生活，相互比较熟悉和投契，蒙他错爱，招我去讲课。

那时，他想聘请几位老先生压阵。我向他介绍了钱君匋老师，并陪同他们夫妇一起去拜访。交谈极为融洽，因为志杰老哥为人很好，不虚伪，且措词诚恳。钱老师又推荐了朱屺瞻先生，那段时期，二位老先生关系极为密切，经常燕叙。我陪同钱老师和汪哥夫妇去造访朱屺老。钱老师的面子，屺老一口允诺。后来，我又陪汪哥夫妇，把兼职教授的聘书，送呈钱府和朱府，当面交给二位老先生。

这以后，钱老师在自己的简介中便加上"华东师范大学教授"一衔。没料到，后来钱老师有朋友写信到华师大致"钱君匋教授"，均遭退回，注明"查无此人"。去电询问，也说没有这位教授。钱老师深感奇怪。因为汪志杰老哥已经离开了华师大，其他人一问三不知。我见钱老师一直到最后的介绍中始终有"华东师范大学艺术教育系教授"说，但也时有人否定之。我愿意郑重地证明，我亲见华师大艺术系筹建者汪志杰教授，把钤有学校公章的兼职教授聘请书，授交钱君匋老师。

华师大我教过的那一个班级，在书法篆刻上好像也未见有杰出者。一九八六年我去日本，那时，政策规定可以兑换少量外币携去。好像是必须去外滩的银行办理的，叫"中国人民银行"还是"中国银行"，完全没有印象了。在柜台交付证明文件后还要等候叫唤。突然，柜台里的女青年说"陈先生还认得我吗"？原来她叫陈佩，是那个班级的学生。后来，她调到淮海大楼那边的中国银行。去年，我去那里办理一张老存单，手续复杂得吃不消，想起她，想开个后门。没有一个工作人员听说过她的名字，大概早就退休了。唉，往事如烟。

志杰老哥也已经在四年前走了，享年八十又六。对于西洋画，我完全外行。据说他在油画世界是大名鼎鼎的。我们从前坐小房间里闲聊时，他会说起过去。他是中央美院一九五三年的毕业生，对苏联写实派油画很崇拜，创作水平一流。据说当时中央美院的主持者江丰，对他极为欣赏和关照。反右时批斗江丰，汪哥已留校为青年教师，坐在台下参加大会。他的前排坐着后来在一九六六年被打倒的"头号走资派"。首长偶尔回头，看到小青年戴着校徽，便发问："江丰这个人怎么样？"汪老哥不知天高地厚，冲口答道："江丰是好人！"首长教诲说："青年人要分清是非!"第二天，汪志杰便也被押上批斗台，陪祀江丰了。

结果，汪哥作为小右派被发配去东北农场改造。他说，"三年自然灾害"，饿死了许多人。剩下的人，皮肤肿得发亮，有的人肚子像猪八戒。一天，管教干部把一只封好的牛皮纸档案袋交下，说拿着回上海老家去，你其实不是右派，怎么会送到这里，我们也搞不清楚，"回去吧!"

一九六六年，他想搞清楚这件事，也许是说了一些过头的话，又进去了。改革开放初期，由于那位在东北时结识的伯乐，早早地平反了，遂有创建华师大艺术系事。

组织上照顾他住河滨大楼，面前是苏州河。房子讲究，但那时的苏州河是黑色的，泛起一阵阵异味。同楼住着上海体育学院的一位院长和夫人吴青霞大画家。也许是这一个原因，汪老哥也拿起毛笔，大画中国画，好像也没有坚持多久。

过去，在小房间里闲聊，汪老哥多次说过，将来出去后要给我画一张油画肖像，说我瘦而有神，当模特相当好。筹建艺术系时，他倒是认真地为我们的老兄弟顾忆萱哥的夫人，画了一张肖像。虽然我不懂油画，但实在是酷肖传神。顾哥是周信芳大师的弟子，一位严于律己的好人。平反后去了美国，听说已经走了。当年，汪哥说，接下来就会为我画了。大家瞎忙，一晃就搁下了。现在是不可能完成的故事了。

2020.3.7

天涯小楼随笔（二十）闲书

从能够阅读小说开始，我喜欢的是外国小说。父亲虽然开明，却也相当固执。他反对小孩子读小说，贬之谓闲书。甚至反对我们注重语文。他希望孩子们致力于数理化，认为这才是强国之道。

我最早读的是法国儒勒·凡尔纳的《神秘岛》。啊，打开的是一个奇妙的世界——惊心动魄的故事，奇异多彩的大自然，凝聚在一个太平洋的小岛上。接着又读了《特兰特船长的儿女》和《海底两万里》。那是他著名的三部曲。

他是一位伟大的科学幻想作家。《海底两万里》的舞台是一艘潜水艇，主人公尼摩船长凭此饱览海底奇景，并扶持正义，内容曲折而动人。小说面世的时代，真实的潜水艇还没有出现呢。

我收集了译成中文的儒勒·凡尔纳的全部小说，贪婪地阅读，《气球上的五星期》《八十天环游地球》……

在这以前，家里不多的藏书全是父亲年轻时置下的，"案上数编书，非《庄》即《老》"，还有《史记》《资治通鉴》之类。少年时代，我看不懂，也一点不喜欢。我沉浸在儒勒·凡尔纳的世界里，每一部都读过好几遍。读得最多的是《八十天环游地球》。尤其在成年以后，每每在失意的时候，捧读此书，主人公福克的绅士精神和一往无前的毅力，会鼓舞你，而义仆路路通的滑稽举止也会引得你哈哈大笑。

那时候，我喜欢的还有《基度山伯爵》。太吸引人了，连觉都不想睡。即使到了现在，我还会翻看几页，重温旧梦。去年，徐云叔兄招饮。同席有一位周克希先生，蒙他厚爱，当场送了我一册散文集。出于礼貌，我马上打开翻看。原来他是一位翻译家，书前的作家简介说他新译了《基度山伯爵》，比原先蒋学模先生的译本，即我一直在阅读的，多了二十万字。我大吃一惊。周先生说，蒋先生是根据英文译本转译的，英文译者删去了许多段落，而他是据法文原本翻译的。回家后，即请友人在网上购买了周先生的独译本，并仔细阅读。年来，衰老颓废，虽已很少阅读长篇小说，还是忍不住一口气读完。译得好，文字优美，大快朵颐。就是地名和人名，大概是为了有别于他译本，"基度山"变成了"基督山"；"爱德蒙·邓蒂斯"变成了"埃德蒙·当戴斯"……先入为主的积习，我稍有点不习惯。

这一类的小说我情有独钟，从福尔摩斯探案到克里斯蒂的《尼罗河上的惨案》等等，我都读过几遍。讲爱情的，讲战争的，我兴趣不大，包括《约翰·克利斯朵夫》《飘》《静静的顿河》，看过一遍就没有兴趣再拿起来了。独有一本《傲慢与偏见》，喜欢无量。

大约是一九六四年，钱君匋老师刻了一个"王科一"的印章，要我墨拓边款。文字很有趣，"政治力追印面赤，业高不废事工农"。问王先生是何许人也，老师说是"三编室"的同事，英文很好，翻译过《傲慢与偏见》，领导嫌他走"白专道路"，老是受批评的。后来我找到他翻译的这部小说，一读一惊奇，文笔典雅，好极。这位王先生在一九六八年，不堪凌辱，自裁而去。一九八二年，我曾在家里办过一个书法班。学员中有两位女青年，说是在人民文学出版社工作的，问起"三编室"，她们熟悉，原来是"第三编辑室"。我提起一向佩服的王科一先生，其中一位瘦弱的低声回答，原来是她父亲。

最近，一家拍卖公司拍出两个钱老师刻的印章，"黄山王科一"和"逸侯津莘"。这两个印章我在日本一位藏家手里见过。两个印章的原主人都是钱老师的同事，逸侯，即张满涛先生，我也认识，他请钱老师刻他们夫妇名字合印，这方芙蓉石还是我赠送的。那位日本藏家还央我补了边款，记录原委。藏家藏印丰富，几乎都是陆续从上海广东路文物商店购入的。一次，别的日本书家说起他，说是出租车司机，一脸鄙色。在日本的那个圈子里，也大有阶级偏见，难抛俗气。

我虽然喜欢看外国小说，但绝不厚洋薄中。可惜我的欣赏水平极为低下，高级如红楼、金瓶、西游、三国，我翻翻就放下了，毫无会心。《啼笑因缘》《秋海棠》之类倒看得津津有味，且一改初衷，竟也读了不少琼瑶的小说，视其为鸳鸯蝴蝶派的殿军。虽然我国的古典名著我看得很少，独有《聊斋志异》，百读而不厌。刚去日本时，裘国强兄夫妇怕我寂寞，还特地从上海寄我。这部文言小说，我最喜欢的是中华书局版的会校会注会评本，上海和日本的家里各置一套，常看常新。十七年前我还刻过一个闲章以自用，"最爱夜深读聊斋"。

"最爱夜深读聊斋"印

三十多年前，金庸的小说传进内地，一下子把我完全俘虏，读得废寝忘食。老师兄张翔宇哥那时住在华山路华园，马路对面，现在是汇益花园的地方，原先沿马路有几幢楼房，后面躲着一个大村庄，黑瓦白墙，一派田园风光。他穿过村庄就到了我家，三五分钟而已。所以几乎天天来寒舍喝茶聊天。看我经常一边聊天一边还翻看金庸小说，笑我低级趣味。后来我送了他一套《天龙八部》，竟然也废寝忘食了，还买了全部的金庸小说。现在，如你和他聊起金庸，他会一脸严肃地评论，"金庸不是武侠小说家，是小说家"！

　　当然，梁羽生和古龙的，我也很喜欢，各有其特色。父亲到了晚年，仍然是不喜欢闲书的。家里有那么多武侠小说，有时也会翻翻。问老人家感觉如何，他说"金庸是写拳头的，古龙是拳头加枕头，哈哈哈哈"！

2020.4.4

天涯小楼随笔（二十一）澳门情绪

　　澳门书法篆刻协会和濠江印社，创议成立黄牧甫研究会，原计划上个月在澳门进行。由于疫情，肖春源会长遗憾地告知，只好延期了，真是可惜。这将是史上第一个研究黄牧甫的学术团体。作为黄牧甫的铁杆爱好者，真希望能早日成立，以开展各项期待已久的活动。

　　澳门回归二十年来，在中央政府的关怀下，文化艺术一改往昔的沉寂状，蓬勃如雨后春笋。新建了多座文化设施，巍巍如澳门艺术博物馆，尤其在陈浩星兄长馆以后，举办了多次大型的书画展览和研讨会。其中对中国大陆及港澳台造成深远影响的"与古为徒·吴昌硕篆刻学术研讨会""吴赵风流（吴让之、赵之谦）"展和研讨会，吸引了全国的专家，包括我沪上的韩天衡、徐云叔、童衍方、孙慰祖等老兄弟。

肖春源兄创建濠江印社以来，也举办多次高水平的书画篆刻展览。每次，都热情邀请我沪上名家剪彩。半年前，刚刚举办过很冷门却使人大开眼界的"巴蜀印展"。春源兄是念旧的君子，年前还举办过对沪澳艺术交流贡献多多的林近仁丈和钱君匋老师的联展。

澳门，是我除了上海、东京、大阪这三个居住地以外最喜欢的城市，几乎每年都去。那真像邓丽君《小城故事》里的氛围，充满着人情味。

我第一次去澳门是在一九八六年。那时，见到了神交已久的林近、李鹏翥二位仁丈，陈浩星、肖春源等书画兄弟。

当时澳门没有机场，毗邻的珠海机场也还没有建设。我是从日本取道香港，坐飞翼船前往的。陆康兄和陈浩星兄来码头接我，当晚即招待我吃葡国菜。印象至佳的是菜汤。其实就是土豆泥作汤底，加上剁成小条小块的青菜叶，且有一点点红肠，朴素简单，但味道醇美，齿颊留香。还有日本少见的马介休，大合我宁波人的口味。

第二天中午和晚上，林近丈和李鹏翥丈分别赐饭，倍感亲切。鹏翥丈当时是《澳门日报》总编，经常发拙稿上报，关照多多。林近丈那时主持慈善机构同善堂的日常事务。近丈的饭局约在"佛笑楼"，其实是有百年历史的西餐厅，烤乳鸽是其招牌菜。虽然我在国外也经常取西餐果腹，使用刀叉也早已习惯，但是乳鸽既小巧，又滑溜溜的，颇为尴尬。近丈抓起乳鸽，叫我也用手抓食，不必拘礼，令人难忘。

陆康兄则几乎天天陪我逛街，请客吃饭，介绍风土人物，介绍各界朋友。陈浩星兄、肖春源兄也经常燕聚，交流艺术感想。优哉游哉，和日本上紧发条的节奏迥然不同，澳门就是一首慢板乐曲。陆康兄还邀我去他家小住。白天我偶尔也会去逛逛菜市场，买点海鲜自己料理，领略澳门人自由自在的生活。

那时的澳门，宁静而舒适。南湾那边，抛物线状的海岸，有岩石的扶手，一长排藤枝磐互的大榕树，足够让人流连傍晚。走累了，岸边异国情调的圣地亚哥酒店，品一杯醇香的咖啡，没人会来打扰你。

原先我们有一个误会，认为港澳是文化沙漠。其实不然。一天浩星宗兄约我和《华侨报》的老编辑佟立章先生茶饮。佟老出示他的诗作，一句好句"仰天不作腾云想"，跳入眼中，挥之不去。当天晚上，便取前几天在香港茅大容兄公司里购得的青田刻了自用。后来，又刻过好几次。佟老送我一件朴素又新潮的短袖衬衫。三十多年来，每年我都会穿上一二回。

"仰天不作腾云想"印

澳门有不少有趣的老人。大马路一号有家永大古董店，陆康兄带我去拜访店主邓苍梧先生。诚恳客气，一见如故。稍坐一会便强邀我们去隔壁他的衣料铺送我们呢料，又强邀去附近的成衣铺量体定制西服，又在他店铺对面的龙记饭店招待吃饭。我也跟着陆康兄叫他邓伯。这位邓伯对任何人都十分客气，尤其是文化人。一九八七年，我曾陪同一对老艺术家夫妇访澳。在古董店稍坐一会，邓伯便拉着去衣料铺，只要老艺术家和夫人在衣料前多看几眼，或称赞一声，邓伯便吩咐伙计把那匹衣料剪下一段可做一套服装的长度。大概剪了十多套，包成两大包，重极。唉，我们上海人，常被外地人诟病，自我检讨，也确有不地道之处。翌日一早，老夫人指着两块呢料对我说，老先生老糊涂，这样难看的花纹也要了，你帮我们去换两块吧。我当然装糊涂，说既然不喜欢就带回去送人吧。邓伯的衣料都是欧洲的高级呢料，是特意从一匹一匹上剪下赠送的……

澳门人的人情味，我亲身领教，念念不忘。凡是有沪上艺术家到澳，李鹏翥丈必定宴请之，谈笑风生，满腔热情。林近丈也是如此，真诚待人，没有丝毫的虚假。可惜的是，二位仁丈俱已作古。邓伯也走了，他的古董店和衣料铺消失了，现在是一家灯光耀眼的金首饰店，对面的龙记饭店也变成了糕饼礼品店。

上世纪八十年代初，我沪上有许多朋友移居澳门。老同学杨维立兄即是其中一员。每次去澳，必见面叙旧。今年春节，走了。和我同岁的。他是清末直隶总督北洋大臣杨士骧的嫡曾孙。六十年代中期以前，其家还珍护着黄牧甫为杨中堂篆刻的多个印章。前几年，他曾要我摹刻了一对黄牧甫的"杨士骧印""莲府"，以纪念那荡然无存的家藏。

澳门，有故事的小城，我怀念的地方。再去那里，"访旧半为鬼"，怎不令人唏嘘。

2020.5.2

天涯小楼随笔（二十二）暮岁呓语

　　大约是一九六三年的初夏，一个星期天的下午，钱君匋老师呼我去他家有要紧事。那时，我们在重庆南路幸福坊比邻而居，隔窗可以交谈，所以我有很多很多的求教机会。

　　他的书房也是他的卧室，朝南一排窗户，光线很好。东边一张写字台，比普通的办公桌稍大一点而已。后面挂着一副陈曼生的对联，因为是红木镜框玻璃面，很沉，常年挂着。旁边则经常更换，挂得最多的是于右任的对联。于联的旁边，是一个大衣柜。北墙下是一张大床，墙上则经常更换，大多是四条屏的书作。也曾经令吴颐人哥和我写过。我写的那一堂屏，老师殁后，其儿媳妇送给了裘国强兄。西墙边是一个五斗橱，这是上海人的叫法，我不知道究竟叫什么才是正确的名称。橱上挂一个大镜框，张大千的山水人物。糜耕云先生曾借去临摹，说是假的。不过老师并不以为然。房间的当中有一张方桌，四把椅子，招待客人就座。这就是后来被称为"无倦苦斋"的名所。根据老师的遗愿，这些家具都赠给了海宁"钱君匋艺术研究馆"。

那天，方桌旁坐着两位来客。一位清癯的老者，老师介绍说是韩登安先生。韩先生客气地站起来和我握手。旁边一位中年妇女，好像姓王，朝我点了点头，老师说是西泠印社的。方桌上摊着一本大册页，很有些年头了，贴着许多印蜕。

原来这是社藏的西泠四家印谱，印社方想请钱老师选择其中一部分编辑出版。老师那时比较忙，也可能他对浙派的印风一向不大喜欢，所以推荐了我。

韩登老当即表示好极好极，又说实在是对不起，社里拿不出编辑费，只能是尽义务的。如此重任，我当时才二十岁，惶恐至极。老师鼓励说，他当后台老板，放心去做。老师又对韩先生说，没有编辑费，没有问题，你为他刻点图章吧，小青年特别欢喜图章。韩先生一口允诺，说一定一定。

这部册页印谱，虽然无头无尾，连书名也没有，却是绝品。许多经典之作，在其他印谱中破碎残缺，只有在这部印谱中完整完美，推想是初拓本，因而具有极高的学术价值。钱老师告诉我，是西泠印社门市部收得的。一位普普通通的老婆婆，用破布包着，想出售，结果以六元钱成交。

那时，我曾在上海古籍书店购得旧字典《篆刻字林》，五元；在上海西泠购得印刷品《黟山人黄穆父先生印存》下册，二元；在朵云轩购得《十钟山房印举》商务印本，二十元。钱老师精心编辑的《豫堂藏印》原拓本，陈列在朵云轩柜台里，标价六十元。

为了编辑剪贴的需要，钱老师要我去中华印刷厂打印几份。厂子在玉佛寺附近，那时乘 24 路无轨电车可达。这个所谓的打印，奇妙之极，犹如今天的电脑扫描打印，十分逼真。钱老师要求打印在宣纸上。钱老师、叶潞渊丈和我各保存了一份，并请装订专家汪子豆先生装成线装本，因而也送了他一份。其余的好像都在编辑过程中选择、对比、剪贴而消耗了。

在老师和潞丈的指导下，这本印谱编成了。一九六五年八月，由西泠印社正式出版。封面是老师设计的，灰色的锦缎作底，非常朴素。签条是潘天寿先生题写的。

早在两年前印谱还在编辑中，钱老师就要我交他八方印石，托人送杭州交韩登安先生。老师说机会难得，多请他刻几方吧。为了表达敬意，求刻的都是佳石，包括一方田黄。很快，一九六五年的夏天，就收到了几方登老前辈的精心之作。余下的，跨过令人难忘的一九六六年，老前辈践约在一九六七年冬天赐下，均为一丝不苟的佳品，令人感动莫名。附图的两方即是老前辈赐刻的。可惜的是，最初赐刻的几方，包括那方可爱的小田黄，在劫难中失去，思之令我心痛不已。

我学刻几十年，至今也仍然在第三世界。但是因为出道较早，幸运得到许多前辈大印家的馈赠，大多仍为我小心呵护着。上苍眷顾，来楚生丈、巨来宗丈、叶潞渊丈赐刻的三四十方，都完好如初。方去疾老师赐刻过两方姓名印，一方不幸被人顺走了，心痛。钱君匋老师赐刻最多，大约有一百余方，损失也大，现在仅珍护七十余方，做了六只硬嵌的深灰色布盒，平时也不舍得钤用，因此完美如初泐者。

韩登安先生赐刻

前年，一位朋友开口商借这批钱老师佳作，我心里其实不愿意，很为难。朋友说，陈老师，反正你终归要卖掉的，借给我打一份吧。好像刀子戳在我心上，痛极。因为是老朋友，虽感不怿，还是借给他了。

其实，在我有生之年，除非遇到不可抗拒的灾难，我从未有过把自己的姓名印卖了换钱的打算。上世纪八十年代初期，钱老师把来楚生、邓散木、陈巨来、叶潞渊、韩登安等老朋友刻给他的印章无奈交出的痛苦，我都看在心里。唉，舐犊情深，可怜的老父亲。

诚然，我现在不断把从前收集的字画、古印章交给拍卖公司兑现，一是经济上的需要，因为我不懂经营，惭愧，从来不是有钱人。孩子又小，还在大学求学；二是接手无人，小儿小女对此均无兴趣，也一窍不通。况且生活在外国，将来也不可能抽出许多时间回来处理，征得内子的同意，我在上海的日子里，就整理整理，换点阿堵物。

写点破文章，当然也能骗点稿费，不无小补。蒙读者朋友的厚爱，容我在"夜光杯"的两个专栏里，胡说八道了好几年。奈颈椎病苦我，想好好休养一段时间了。借这个机会，谢谢大家！祝大家平平安安，幸福如意！

2020.5.30

天涯小楼随笔（二十三）

昨天《新民晚报》"新民旅游"版，刊有沈琦华先生的文章《钱君匋人生最后的住所在善庆坊》。文中说"钱君匋早年久居上海重庆南路一六六弄四号。一九九三年建南北高架路时，其寓所被动迁，钱君匋顾全大局，举家迁至南昌路八三弄善庆坊三号"。

钱君匋老师早年并不居住在重庆南路一六六弄四号。据老师自撰年表——"一九五四年（四十八岁）一月，以黄金二百两（合人民币二万元）购进重庆南路一六六弄四号四楼房屋一幢，作居住用，再以五十两黄金

（合人民币五千元）装修之，四月迁入新居……"。

　　钱老师一九二三年十七岁时入学上海私立艺术师范学校，住宿在学校宿舍。二十一岁再来上海担任开明书店美术编辑、澄衷中学等校教职，住在虹口。徐长华女士曾是其邻居（老师称长华战友）。二十七岁时老师"九月三日，在上海大中华饭店大礼堂，与陈学肇女士举行婚礼……建新居于辣斐德路（茗按，今复兴中路）钱家荡四十一号三楼（茗按，今环贸 iapm 商场）"。四十岁时迁居南昌路四十三弄七十六号万叶书店楼上。四十八岁开始才在重庆南路一六六弄四号（茗按，幸福坊四号）居住。

　　一九九三年建南北高架，是国家的大工程。原先也并没有照顾某某人的计划，并不是个人"顾全大局"可转移。实际上，钱老师也托人周旋，均无结果。一次老师向汤兆基兄诉说委屈和无奈。汤兄是老学生了，一向很高兴为老师做事服务。当时他是市政协常委，即向市府秘书长陈正兴先生上一提案，恳请能对钱老师赐以关照，避免分配到浦东和松江等偏远地区。

　　市府对政协委员的提案十分重视，钱老师受到照顾，分配到南昌路八三弄善庆坊三号一幢三层的新式里弄房。陈秘书长在政协大会作报告，介绍南北高架动迁情况时说，只有一个人钱君匋是受到特别照顾的，是因为汤兆基委员的提案受到市里的重视……

由于是四层楼换成三层楼，钱老师并不满意。巧的是，他的同乡学生翁景浩兄出力帮了他。翁兄早年上山下乡时在黑龙江农场种地，好友中有一位周先生，回上海后担任过钱老师居住的卢湾区领导，后来又升至市府领导。经过翁兄的斡旋，政府把受处理的原卢湾区副区长祝文清的高层房一套补给钱老师。

钱老师在自撰年表中有如下记述——"八三弄三号房屋因只三层，犹少一层，遂以金鹿大楼十五楼四号补足之，原来房屋在一起，至是，分为两处矣，在居住上多少总带来不便"。

动迁后，老师居住在南昌路善庆坊。老师和师母谢世后，房屋易主。老师的长子大绪哥后与其妻分居，从美国回来居于金鹿大楼，住了好多年，好像是在去年，走了。

2020.6.10

天涯小楼随笔（二十四）

　　网上读到一篇写"沧浪亭"的文章，很有趣。作者第一次去那家店吃面，店址在重庆南路淮海中路口。文章里提到，最早的"沧浪亭"是在重庆南路一百二十二号的，不是淮海路口。

　　老"沧浪亭"，在重庆南路南昌路口裕德里弄口。弄里有我的老同学李盛昶兄，前两天他告诉我"沧浪亭"确实在我住的一百二十四弄裕德里边上，原来是徐家的烟杂店，一九五〇年后徐家将店面一半出让给了苏州来的王姓老板。他们店的浇头面、蒸糕及条头糕确实好吃，名气也很响。记得因门面小坐位少，因此常有食客宁可坐在门外三轮车上端着碗吃面。店里的苏州师傅在夏天晚上乘风凉时，要我们小孩陪他们下棋、斗蟋蟀，然后会切两条条头糕给我们吃。回想那时很有意思。六十年代后，店搬到近淮海路口……

老朋友杨晓珍近年从香港回上海定居。"文革"中她曾是朱逢博老师的Ｂ角，为上海芭蕾舞团伴唱《白毛女》，歌靓人美，轰动一时。她青少年时代就居住在裕德里，说起"沧浪亭"，自然十分熟悉。她说因为店堂狭小，所以厨房的辅助工作基本上都在弄堂里进行。尤其到了大批鸡头米从苏州运来，来不及剥皮时，老板娘便拿了很多棒头糖请客，央请弄堂里居住的小朋友们帮忙。热火朝天，深深地刻在晓珍妹的记忆中。

那时候，父执钱镜塘丈住在南昌路茂名南路口。每天早上他都会步行沿着南昌路，走个半小时去"沧浪亭"吃一碗爆鳝面。当时要六毛钱一碗，五六十年代，是很贵、很高级的。

那家最早的，王老板的"沧浪亭"元祖店，我们全家一次也未去过。那家小店的北墙，靠门口的那一片，常年有水渍，黄黄的。因为顶上是二楼的卫生间，抽水马桶年久失修，常年漏水。我家的亲戚就住在旁边。邻居们都明白的，有点顾忌。

行笔至此，我要郑重声明，那是六十余年前，私人老板时的"沧浪亭"，古今不能重叠。

后来，"沧浪亭"迁至同重庆南路，淮海中路口四明里的街面房里，规模大了许多，加上淮海路行人热闹，生意越发火红。可惜，原先挂在店堂里的横匾镜框，吴湖帆先生的笔"沧浪亭"，再也没有出现过了。

四明里的原址，现在变成了绿化地。四明里是新式里弄，房子颇为讲究。弄堂口早些时候是四明银行，听说大篆刻家叶潞渊丈年轻时在那里担任襄理。弄堂口的上方有名中医闵漱石女医生的宣传牌，她住在弄内悬壶济世。她的小女儿闵姚恩是我年轻时的好朋友，大美女。现在姚恩和其姐陪伴着年迈的老母亲，令人想念的闵医生居住在纽约。

四明里的弄口，隔着淮海中路，斜对面是著名的

"淮国旧"，国营旧货商店。正对面是"老松顺"饭店，东首是一家熟食门市部。"文革"以前，这些店人气旺盛，名闻遐迩。

我十来岁的时候，"老松顺"和熟食店的前身是一家"万红公司"的时装店。店主是家祖母的亲兄长的长子，家严的内表兄范公威伯伯。公私合营时不幸走了，"万红公司"就结束了。

"文革"前，"淮国旧"十分热闹，有时还有旧印章出售，我也买到过几对极好的大印章。有一次，我去巨鹿路叶府谒潞渊丈，顺路从"淮国旧"穿过去。见到柜里有一对四厘米许的石章，三龙的钮首，寿山石，印面已被人磨去，二印的印侧均有"西谷"二字款。两元钱，不太贵，我便买下了。到了叶府，掏出卖弄。潞丈对钮首之佳大为欣赏。过了一会，适秦彦冲丈也来访潞丈。拿起印石，一口断定，钮首乾隆工，好极！江西谷款，一点不会错。彦冲丈是西泠印社的资深社员，既是收藏大家，又是鉴赏大家。彦冲丈走后，潞丈说拿一方好石头和我交换一方如何。我当然一无意见，即使不交换，送一方给潞丈也完全应该。我的那一方，奇迹般地历尽劫难，至今安然无恙。

"淮国旧"和四明里是在一九九三年建造南北高架时拆除的。原先在"淮国旧"的西边有一个书报亭。一位比我年轻一点的工作人员胡丁插队回来后在那里工作，我常去托他买紧俏杂志。他是被钱君匋老师称为"长华战友"的徐长华女士的公子。我介绍老师兄张翔宇哥去买杂志，他一眼就认出了胡丁，因为胡丁和他的生父太像了。唉，岁月无情，多年不见胡丁了，也不知情况如何？

2020.6.24

天涯小楼随笔（二十五）

真是学到老，学不完。今天在微信朋友圈看到一条消息，想了好久，还是没有弄懂。唉，晚饭后好好查查《辞海》《辞源》。

一位朋友得到一册赠书，高兴，发了这本书的九张图片，文字内容是"吴子建先生印谱，某某（茗按，不便透露）主编并题赠"。九宫格中有一张是白扉页上的主编题字"某（茗按，不便透露）兄属为题，某某"。

"属为题"，虽然只有三个字，实在令人费解。倘若前面有一段文字，说说编辑的辛苦或编成的喜悦，或者随便说些什么，回答被赠者的诘问。"属为题"也还说得通。一张空白页，就这么一行字，真有点看不懂。

如果我做主编，把书赠人，写什么为妥呢？"某兄正编，茗屋"，不知可以吗？

不相干的书送人，写个"某兄惠存"，大概也可以。不能乱写"指正"之类。我在日本见到一本吴长邺丈的著作，名字好像是《我的祖父吴昌硕》，是吴丈的下一代赠送日本友人的。白扉页上写着"某先生指正"，署名是小辈的名字。叫人家指正你的长辈？好像有点滑稽。

顺便说一句，在我们这个圈子里，"嘱"按传统习惯，一般是用"属"代替的，这位主编用得十分正确。

2020.7.3

天涯小楼随笔（二十六）

　　徐长华女士在户籍上记载生于一九二七年。她在二〇一七年告诉我，她其实比记载早两年出生，是解放初期登记时被弄错的。她认识钱君匋老师时十六岁。她说他们是天潼路宝庆里的邻居，她住四十号，钱老师三十九号。

　　据钱老师自撰年表——"1940（三十四岁）万叶书店在海宁路咸宁里 11 号房屋，因营业发达，不敷应用，另租天潼路宝庆里 39 号二幢二层楼石库门房屋继续营业，于是年三月份迁入"。

钱君匋艺术研究馆门口墙上所嵌的钱老师印作
"多情应笑我，早生华发"及篆书边跋

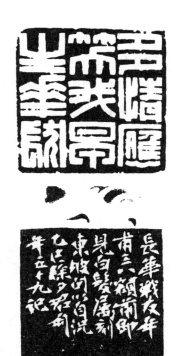

钱君匋赐送徐长华的"多情应笑我，早生华发"印及行楷边款

　　那一年，徐长华虚岁十六。

　　徐女士从年轻时开始即在钱老师的万叶书店工作，后来又成为股东，再后来，追随钱老师进入新音乐出版

社、上海文艺出版社直至退休。

徐女士成婚后迁往乌鲁木齐路五原路口的石库门大弄堂。一九六六年下半年以后，钱老师多次差我送信到其家，并一再叮嘱不能告诉工宣队。改革开放后，其子胡丁在复兴中路创立照相排字誊印社，至今仍在营业。

海宁"钱君匋艺术研究馆"大门口右侧墙上，嵌有多枚放大的钱老师印作。第一个即是"多情应笑我，早生华发"。此印四面长跋，篆书，文曰"长华三十八岁，即生白发。因刻东坡句与之。后二十一年，乙丑，君匋别作此印，感年华之如水"。送给徐长华的是另一个同文的印章，行楷边款，曰"长华战友年甫三八，额前即见白发。属刻东坡句以自况。乙巳除夕，君匋年五十九记"。

2020.6.21

天涯小楼随笔（二十七）

王运天兄亲自驾车，把他和郭建中先生合编的，重达十公斤的《蘧草法帖》，赠送至寒舍。

运天兄品着岩茶水仙，略略介绍了成书的艰辛。相对唏嘘，无限感慨。蘧丈是我请益的前辈中学问最高，道德文章俱可为世楷模的完人，竟然是永远的五级教授。老天啊，您怎么能如此游戏。

蘧丈的晚年，相当清贫。运天兄告诉我，因其家属的要求，有几封诉说实况的就没有收入本书。唉，文人啊文人！虽说"不屈为至贵，最富是清贫"，耐得清贫，不改沉浸学问之乐，这才是大智慧。

王、郭二兄合编的这部大书，收了五百多封信，且一一作了释文，方便像我这样对章草视若畏途者阅读。

我将会认真地，经常拜读这部经典，不但求学问的进步，更要细品蓬丈的处世哲理，跟上时代，向前，向上。

2020.7.2

天涯小楼随笔（二十八）

网上有一段视频，题目是《日本美女机器人"安卓少女"在街头求拥抱》。真是美女，清纯，可爱，接近完美。评家说"栩栩如生！不久的未来，机器人代替人类的日子不远了"！

我在日本生活了那末多年，当然，领教日本的先进科技，佩服。也许，真的，"机器人代替人类的日子不远了"！

想起一件旧事，偶尔也会涌起一丝丝的疑问。好像是在一九八八年的酷暑，名古屋举办"世界设计博览会"，我去参观了好几次。

博览会的小广场上，有一个卡哇伊小机器人，能够用动听的小女孩的声音，回答你的各种各样的问题。人群中站着一个傻瓜一样的中国人，那就是我。惊呆了。这才是世界水平，太伟大了。

同去的沈和年兄，聪明如阿凡提，在朋友中夙有佳誉。他轻轻地告诉我，要我注意人群边上一位着会场工作服的女青年。仔细看看，但见女青年不时用手捂着嘴巴。挨近观察，她手心中握有一个像打火机一样的东西。她捂着嘴时，即是小机器人回答了问题。傻呆如我，也马上明白了。

毕竟是三十多年前的故事了。科技日新月异。现在，也许，真的，"机器人代替人类的日子不远了"！阿门！

2020.7.10

天涯小楼随笔（二十九）

敦堂兄坚邀我参加今天在上海书展中的见面会，真有点像旧时的乡下老百姓被拉了壮丁。

《陈巨来先生自钤印稿》是徐云叔兄提供的素材，理应是主角，轮不到区区。

起先，敦堂兄说《陈巨来先生自抑印谱》也同时发行，所以希望我出席。我很为难，朋友的面子不能不给，但素不喜欢此类活动。当年上海书店出版社给我出版《苦茗闲话》，我都没有参加签售。虽然，自抑印谱的材料是我提供的，怎么能去抢云叔兄的风头呢。耐不住敦堂兄的磨功，我和他约法三章，云叔兄去，我也跟着去；云叔兄不去，我也不去。

过了不久，友人在微信朋友圈里发了报纸上关于此事的截图，竟然只有区区一个人的名字。去电敦堂兄，他说报上去是"徐云叔、陈茗屋、徐建华、孙君辉"四人，为什么只登一人，他也搞不清楚。他答应会向云叔兄解释之。

不意昨天（14日）网上见到的请帖式的消息，只有陈茗屋、徐建华、孙君辉三人。去电敦堂兄，他告诉说，云叔兄因为健康方面的考虑，决定不出席了。我的回答有点生硬，约法三章在先，云叔兄不出席，我也不去。

今天一早，敦堂兄来电诉说委屈，说如果我也不出席，他很难给出版社和书展方一个交待。他的面子我不忍不给，虽然十分的不开心。

因此，我才会在见面会上一开口便强调徐云叔老师是主角，由于健康原因没有出席，我是越俎代庖云云。

不过，自铃印蜕的出版发行毕竟是一件功德无量的好事。云叔兄珍护的乃师印蜕，有很多是初次出版，既多又佳，大快朵颐，是印人的典范。虽然，教科书级的巨作，称之谓"印稿"，我觉得大不妥。

总而言之，不论是今天发售的《陈巨来先生自钤印稿》，还是年前出版的《陈巨来先生自抑印谱》，都是上佳的资料，都是贡献给印坛的饕餮大餐。尤其是今天徐云叔兄提供资料，敦堂兄策划，徐建华兄编辑的这一本。

巨来宗丈是我敬仰的篆刻大师，近代婉约一派，他是绝对的第一人者，尤其是元朱文。我只是他的私淑弟子，虽然崇拜得五体投地，却是连皮毛也未学到，真是惭愧煞矣。巨丈有过一个女弟子张颂华，因为她和我的交往，引起巨丈的不满，屡屡在背后大骂。尽管如此，一点也不影响我对巨丈艺术的崇敬。巨丈墓木已拱，颂华妹也墓有青草。追思往事，不胜感慨。

好，见面会结束了，如释重负。低头想想，忍不住笑出来。敦堂兄拉我出席，最初的理由是《陈巨来先生自抑印谱》同时发表云云。同时发表了？广告上有，会场上也有？昏花的老眼怎么没有看到？

2020.8.15

天涯小楼随笔（三十）

好像是从六十年代初开始，淮海中路陕西南路口，开了一家"江夏点心店"。坐北朝南，普普通通的老房子，简单朴素的店堂。有一款"孝感糊汤面酒"特别吸引我。记得是一毛六分一碗，有点像酒酿圆子。不过是一小段一小段，糯糯的，极好吃。

一九六六年残暑，一批批北京来的，穿黄军装，每人一条宽宽的铜头牛皮大皮带，精神十足的年轻男女，到上海来鼓吹革命。砸户斗人，屡见不鲜。

一天晚上十点多，我骑自行车路过江夏点心店。店旁是一条小弄堂，里面是古老的石库门房子，居住者大概也多为劳动人民，没有煤卫的。因此，夜深时，住户便把木头马桶拎到点心店前的淮海路人行道前沿，等待卫生工人推着木头的粪车，前来收纳。一群黄装青年走过来了，不知出于什么爱好，一人一脚，踢足球似的，把马桶踢入马路。顿时一片金黄，气味四溢。操着儿化韵普通话的青年乐不可支，哈哈大笑。我停下绕道，但见勇敢地想冲过去的自行车狼狈倒地……

过了几个月，我和同校的几位年龄仿佛的青年教师去杭州串联。不过，没待几天便逃回上海了。

在六和塔附近的一处纪念馆参观。那时的规矩是进门先排列成行，高唱歌曲。先是《大海航行靠舵手》，当然，向来是用普通话歌唱的。不料那天，除了我们几个上海人，一大群是宁波来的革命师生，竟然用宁波方言大唱"DOU 海航行靠 DOU 修"。我虽然是宁波人，差点笑出来，赶紧憋住，好不难受。

又去了旧岳庙。岳坟已被挖开，一个凹塘，用一块茅竹篱笆隔开，一边写着"男"，一边写着"女"，一片金黄。

逃回上海，主要是招待所人员太杂，全国都在大串联。被子里有虱子，革命坚定性实在太差，我逃回家了。倘若坚强一点，不要一分钱，全国让你跑个遍。

岳庙现在又是热门的景点了。听说恢复初期，是请美术学院的老师来设计岳飞塑像的，塑成一看，头小，不像话。但老师是严格按照人体比例设计的，没错。请教了民间塑像艺人，才知道是要打破常规，必须把头部做大，才会令观者舒服的。听说古代写碑书丹，上面的字必须比下部为大，方为妥帖。道理是一样的。

近些年来，杭州是去过多次的。听说在原地重堆起来的岳坟前也经常有人磕头礼拜。算不算民族英雄，且不去管它。精忠报国，总是应该提倡的。但是，一九六六年以后，我再也没有去过岳庙岳坟。

忘不了那一片金黄。

2020.8.24

天涯小楼随笔（三十一）
姚铭书画篆刻展

今天起了个早，赶去观看老朋友的展览会。今天将闭幕的。

昨夜，周祖尧兄告诉我这个消息，展期只有三天，而且主人姚铭兄因病在院，未能亲临会场与朋友叙谈。

与姚兄睽违已有八年。那时是在锦江小礼堂方去疾老师纪念展上，柳曾符先生的千金拉我过去和姚兄合影叙旧，他们是复旦大学同事，很熟悉的。而那次见面距以前一起研究篆刻，也有十来年了。

姚兄的画作，我是第一次拜读。山水、花鸟各臻其妙，原来他从苏春生先生游，名师出高徒，古人不我欺。书法和篆刻，姚兄研究多年，尤其是书法，师从张晓明先生，水平之傲人，固不容我置喙。

姚铭与黄若舟老

姚铭作品

他是一位热心肠的好人，是复旦老年大学书法班的优秀教师。且乐于投身公益活动，经常下基层为市井小民服务，享有大好的口碑。

姚兄是上海市大学书法教育协会副秘书长，复旦大学书画篆刻研究会副秘书长，复旦大学国际文化交流学院汉语国际教育研究生班中华艺术课主讲老师。但是在上海的书画名利场上却总是见不到他的身影。

最近，健康欠佳，姚铭兄在住院治疗。祝愿他开开心心地接受医疗。飞速发展的新技术，会把不可能变成可能。光明在前面，加油！

周祖尧兄特地早早地赶到会场等我，又把负责展览的张正昂兄找来陪我参观，浓浓的友情，如拂面春风。其实，这又何尝不是姚铭兄始终秉行的与人为善的精神在感动着我们。

2020.9.3

天涯小楼随笔（三十二）

一九六九年春夏之交，钱君匋老师的好友张 XH 先生购得一对吴昌硕刻印，惜印面已被人磨损，隐约可见"世云私印""伯初"，边款则完美如初刻。

钱老师高兴地为其补刻，说即使放在《削觚庐印存》中也无人可以识破。附图印蜕，即是钱老师的作品。附图边拓，则是吴昌硕原作。

张先生嗜印，那一阶段，还请老师刻了"曾饮汉江水""跨过鸭绿江"。

钱君匋补刻吴昌硕之印蜕及吴昌硕原作边拓

2020.9.15

天涯小楼随笔（三十三）
高邮路点滴

同门吴天祥兄发了一篇署名乐哥的文章给我解闷，题目是《忆说高邮路》。非常有趣，我马上转发弟妹、妻儿读读。

虽然作者的年龄比我小许多，却也知道一些一九四九年以前的故事，文笔也很生动，不简单。不过，我也想起一点旧事，可作为乐哥佳文的补充，算是狗尾巴。

乐文中的高邮路是在复兴西路和湖南路之间的，其实这是五十年代初开始的高邮路，不是原先的高逖爱路，即抗战后期改为高邮路的原貌。乐文中说高邮路像弯弯的大香蕉，现在是向南搭上湖南路，原貌是向北转弯，只有一百来米，到68号，即现在的上海电力建设有限责任公司为止，同样是弯弯的大香蕉，方向大不同。现在是通衢，通向湖南路，原先是不通的。五十年代初期，高邮路上驻有政府机关，大概是这一原因，拆掉了包括大导演孙瑜的住宅等房屋，通向了湖南路。而从北侧的58号、南侧的59号转弯通向湖南路的那一段，虽然称高邮路、兴国苑小区、徐房（集团）有限公司的门牌号却是湖南路的，街道公园和大名鼎鼎可停出租车的公厕干脆没有门牌号。

现在，高邮路南侧的58号旁边，有一条像弄堂一样的马路，这就是原高邮路的终点。新设的电线杆上还标着"高邮路8号杆支1号杆"。到底是68号，最早是爱国人士何世桢先生私宅，五十年代初改为上电医院，后来又变成上海电力局、华

"上海电力建设有限责任公司"招牌（局部）

东电力局。现在，何宅是"华甸园大酒店"（华甸，华电之谐音），大花园里盖起的大楼是上电公司。不过，这样大的机关，门口的招牌，文字歪歪斜斜，非常滑稽。

高邮路上滑稽事情不少，68号和66号之间有一扇大铁门，挂着的门牌是"华山路905弄"，这就是华山路上的汇益花园小区。改革开放以前，这里是一个大村庄。大铁门原先是没有的，从这里进去，穿过村庄，不过一百来米，即是华山路。出口窄窄的，在两幢楼房之间，不易发现，竟然躲着一个大村庄，且有好几十间黑瓦的农村房屋，还有小块的自留地。村中，只有一幢二楼的新式房屋，居住着我侄女陈迅的同学。马路对面，即是曹家堰路。八十年代初期，把村民动迁了，建造了汇益花园小洋房区，当年售价四十万美元一幢。

八十年代以前的高邮路是小洋房（极少数大洋房）与黑瓦的本地房（即农村旧房）和平共处的地区。现在则有些不同了，邻里纠纷也时有所闻。68号何宅是大洋房，66、64号则是小洋房，原先都是独立的。八十年代后，64号卖给了公家，公家扩建，搭上66号，遂联成排屋。虽是违章建筑，也无可奈何。

高邮路上的滑稽事还有呢。双号的一侧，50弄内有1、2号两幢毗邻的小洋房。后来，有人在面街的花园搭起了简易房，几次改装，越修越好，挂起了52、54号门牌。54号旁边，原先有一幢街边小洋房，即乐文中说的65号。其实，这应该是56号。听父亲说，五六十年代挂门牌时挂错了，一错到底，干脆不改。现在65号的东边是54号，西边是58号。不知道全上海还能找出第二例吗?

乐文中提到50号白公馆影子楼，其实不是白崇禧所建，是八十年代后新造的，是一家婚庆公司所为。原先那里有一幢朴素的小洋房，好像是无锡荣家的。

高邮路复兴西路口是5弄小洋房区。我读到过有人专门介绍的文章。里边住过许多名人，我经常会想起的是和5弄关系密切的魏廷荣先生。六十年代初，他把珍护的邓石如草书联捐赠给了西泠印社，不要一分钱，而当时他的经济状况相当尴尬。可惜，草书联竟然在西泠印社手中失去，辜负了魏先生的好意。印社前领导人孙晓泉先生曾撰文说过。那副对联就是有名的"海为龙世界，天是鹤家乡"。

魏廷荣捐赠西泠印社的邓石如草书联

2020.10.9

天涯小楼随笔（三十四）

　　思南公馆是上海一个引人注目的地方了，高档，时尚。我经常散步路过那里。一次也没有进去过。至今也没有想去逛逛的念头。其实那是个我非常熟悉的地方。

　　青少年时代，我在距此数百武之地住过二十来年。出国之前，工作单位是思南路孙中山故居旁边的十二中学。我的姨妈，母亲的亲姐姐，居住在复兴中路重庆南路口，即现在思南公馆起点的第一幢大洋房里，我曾无数次地陪母亲去看望姨妈。现在，姨父姨妈和我的父母亲安眠在苏州东山，比邻而居。

思南路上，从复兴中路口到第二医学院间，有一群欧式的小洋房，分成四列，大多是三层的，少数是四层的。前面三列，都是六幢，后面一列，即靠近二医的那一列，只有五幢。

　　陈巨来先生在《安持人物琐忆》"李烈钧与华夫人"一章中云：

　　后李·华居屋在今思南路（近建国路）一条大弄内，共四宅三楼大厦，第一家即李宅，二家不详，第三家程潜，第四家梅兰芳……

　　巨来先生的这一小段文字中，有几处小误——这条大弄内，南边靠近二医的不是四宅，是五宅；不是三楼大厦，都是四楼的；梅兰芳家不是第四家，是第五家。巨来先生不详的这第二家是宁波刘家，我的表妹夫，即姨妈的女婿家。

　　据表妹夫回忆，第一家即思南路95号，是天主教会的李文德家；第二家93号是表妹夫刘家；第三家91号才是李烈钧家；第四家89号，程潜家；第五家87号是梅兰芳家。这五幢洋房都是四层楼，除此以外的三列十八幢，除了周公馆是四层楼，其余全是三层楼较小的洋房。

表妹夫的父、祖均为银行家，购置了这一幢大洋房。因家中人丁兴旺，便在屋前的花园里又建造了一幢小洋房。这在二十三幢洋房群（旧时称义品村）中是独无仅有的。

表妹夫的祖父系上海圣约翰大学首届毕业生，曾与家外祖同业，经营华美华成烟草公司。表妹夫的父亲也是圣约翰大学毕业，担任过旧时代银行襄理。一九四九年以后，刘家住二幢洋房，按"生活资料"新标准而论，是太过享受了。因此，三、四两层自家居住，二楼和底楼以及新造的小洋房都交公了。

八十年代我去日本以前，表妹夫妇居住在那所大洋房，表妹夫的母亲和妹夫的兄妹也同住在一起。三、四层仍然是刘家私产，一、二层则由房管部门分配给别人居住。巧得很，我当时教书的十二中学的人事干部，给过我很多关照的老太太崔老师就住在二楼。花园里新建的那幢小洋房则是卢湾区颇为有名的思南幼儿园，我的儿子就在那所幼儿园里度过学龄前岁月，后来跟着去日本读小学。现在他也有了读小学的儿子了，可惜，小孩子只会说日本话。但是，却是姓陈的日本人。据说全日本的日本公民只有两人是姓陈的。我的孙子是日本人，我并不觉得丢人，但是这句话不能倒过来读，千万千万。

岁月沧桑，我移居日本已有多年，表妹夫妇则在大洋彼岸安度晚年。年前，他们回国省亲，也曾去思南路93号旧居看看。蒙门卫大哥的美意，居然开锁让他们溯旧。据说，外表和从前相差不多，里面则全部敲掉重新修建，面目全非。门卫大哥告诉说，可以出租的，住一宿人民币四万九千元而已。

最近，为了写这些文字，请教了参与建设思南公馆这一大工程的，同为篆刻爱好者的程兄，他不但热情地介绍种种内情，说还可以让现在的管理方派车接我，请我去里面吃饭，我赶紧谢绝了。

思南公馆，高大上，美轮美奂，我对它没有成见，但是距离我太遥远了。仆，一介清贫老书生，还是默默地眺望，行行注目礼吧。

2020.10.30

天涯小楼随笔（三十五）

两个月前，去澳门参加"黄士陵艺术研究会"成立式，结识了来自广州的宋浩先生。他介绍了苏晨老先生的近况，还帮我们建立了微信联络。

苏老是文坛前辈，当年他主持的《花城》和《随笔》，是影响巨大的人气杂志。他是钱君匋老师的好朋友，老师为他刻过好几十方印章。

我去日本以前，一直购读《随笔》。也曾在上面刊发过一篇文章，不过不是署我的名字，是代钱老师撰写的。现在回想起来，此事的前前后后，颇有些故事情节，应该记录下来，也许有些些史料价值。

那是在一九八一年，老师的老友张纪恩先生的侄子张小隽，带了妹夫张进贤去拜访钱老师。进贤先生当时在湖南省的出版社工作，因了他的联络，湖南美术出版社遂向老师组稿，准备出版八开精装的《钱君匋作品集》。

钱老师请朱屺瞻先生撰写序言。那些年，老师和朱屺老关系十分密切，相互赠画赠印，都在二百上下。且两对老夫妻每周两次燕聚，不在南昌路雁荡路口的"洁而精"，便是豫园的"绿波廊"，轮流作东，乐不可支。所以朱屺老一口允诺，并坦陈自己不善作文，请钱老师代觅一人代笔。老师推荐了我，屺老也欣然接受。一天下午，我带了笔记本前往巨鹿路景华新村朱府。屺老缓缓地说：我和你老师是几十年的老朋友了，他图章刻得好，字写得好，画画得好，我斜起佩服……实在好，实在好！斜起佩服，斜起佩服！

朱屺老是位实在人，不会花言巧语，也没有城府，语言十分朴素。翻来覆去就这几句赞美的话。请教他钱老师画作的特点，他仍然是"实在好，斜起佩服"。

回来后，我即向老师汇报，告之以实情。老师鼓励我放胆写，想写什么就写什么，别人称赞的话尽可写上，朱屺瞻一定赞成的。

这样，我便根据朱屺老点出的中心思想，写就了序言。先是拿去给钱老师审查，老师叫我读给他听，听了说极好。

我骑了自行车去朱府，呈朱屺老审读。老先生仔仔细细看了一遍说，写得好，写得好（好像又说了交关好）。拿起笔在我规规矩矩誊清的文稿纸上签了"朱屺瞻"三个字。

回去把稿纸呈钱老师，老师又说，还要写一篇作者自己的跋，时间紧，侬帮我一道写了吧。过了一天，我把文章读给老师听，老师说好极，拿起钢笔在文章后面又加了一段感谢谷华同志、茗屋同志的话。想了一会，又加了关于鲁迅先生的一段。

钱老师把这两篇文章的原稿，交给同事徐长华去誊写，说先给《随笔》去刊发。

不久以后，老师收到了《随笔》的样书，刊发的只有老师署名的跋，没有朱屺老的序言。老师便致函苏晨先生，询问原委。等到回信，老师告诉我，《随笔》把清样寄朱屺瞻审读，朱回答说，不是他写的，所以没有刊发。老师说：哦哟，我要写信给湖南出版社，把朱屺瞻签名的原稿要回来做证明。

距朱屺老答应作序，才经过了几个月，二位老先生的关系发生了微妙的变化。这从师母的言谈中可以领略一二，从那时开始，她提起朱屺老，大概都会说朱夫人如何如何，一脸轻蔑。几年以后，二老便不再来往。二贤相阨的原因，我并不清楚，最近遇到一位多年未见的同门兄弟，其与朱屺老极熟，告诉说，是为了钱老师与香港简氏的"走私案件"而绝交的。

湖南美术出版社的《钱君匋作品集》的样书，于一九八三年秋天寄到钱府。老师署"茗屋雅赏"后即赐赠了一本。序言是我代笔的，署名朱屺瞻。"跋"除了最后一节和关于鲁迅的一节，也是我代笔的。唉！遥远的往事……

2021.1.25

附一　《钱君匋作品集》序言

君匋先生是我四十年的老朋友。我认识他的时候，他已经是享有盛名的书籍装帧家、音乐家、篆刻家、书法家。

君匋先生的篆刻以秦汉为宗，博采明清诸家之长，形成了清健舒畅，有笔有墨的独特风格。而且，他善治巨鈢，力可扛鼎。这本集子中的《芳草天涯》是他的近作，气魄过人，真如关西大汉，抱铜琵铁板，歌大江东去，令人叹为观止。另一方巨印《更能消几番风雨》却又是一种风貌，娟好秀美，好像执红牙拍板，唱杨柳岸晓风残月，使人陶醉。

篆刻家一向重视印章边跋的镌刻，除了刻上年月名姓以外，还常常赋诗作文，激发欣赏者的更加强烈的兴趣。君匋先生的诗文都是大家风度，在他的印章边跋中可概见其修养。像《若有所悟》的边跋是一首绝句，曰"寒雨连潮午醉眠，鸣禽催梦梦悠悠，醒来湖上山无数，没入苍烟浪接天"。简直是唐人所为！而《钟声送尽流光》和《夜潮秋月相思》的边跋都是文言小品，字字玑珠，抒发了他的无限感慨。

我是君匋先生印章的欣赏者，在这几十年中，尤其是在近十五年中，请他刻了二百钮之多。这本集子中虽然只收了几钮，但其他的几乎都已收在北京版的《钱君匋篆刻选》里了。

篆刻是在印章上反映出的书法艺术。君匋先生在篆刻上之所以能达到令人钦佩的高度，主要的因为他首先是一位书法家，而且是一位擅长各体的大书法家。我对于君匋先生的书法是十分钦佩的。尤其是他的汉简体的隶书，天真烂漫，清新喜人。这本集子中的七言联"谈

诗客至风生座，论画人归月透帷"，信手纵意，无论是
用笔还是款式，都是绝妙的，给人以美的享受。

在君匋先生的篆刻、书法、绘画中，最使我佩服不
已的是他的绘画。他的画魄力很大，我自叹不如。

由于君匋先生对文字艺术的修养很深，尤其在书法
篆刻上造诣很高，加上他对生活充满着激情，所以他的
绘画才卓荦不凡。近年来，他患白内障越来越厉害，对
于刻印、设计精致的书籍封面已经很感困难，他便倾全
力于写意中国画的研究和创作，取得了极大的成就。

君匋先生的绘画以写意花卉为主，他取八大、青
藤、陈白阳、赵之谦、吴昌硕诸家之长，复取西洋构图
之妙，开创了简练、奇特、雄厚而又生气勃勃充满着时
代气息的风格。评者论他的画是"极简练处极精到，极
奇特处极稳健，极雄厚处极含蓄"，说他"在书法上具
有高度造诣，因此在他的写意花卉中能娴熟地应用线条
的轻重刚柔、浓淡干湿、虚实收放，根据内容的需要，
或为奔放飘逸，或为古拙苍老，表现出强烈的感染力"。
这些评论，我是十分赞成的。

君匋先生作画，挥洒自如，是大手笔。过去，画名被他在其他方面的盛名所掩，除了极熟的朋友之外，大家不大知道他在这方面的深邃造诣。自从一九八〇年冬在北京和一九八一年秋在上海，举行了两次规模很大的个人书画篆刻装帧展览，集中看到了他的百余幅画作，才引起了强烈的反响。

这本集子中开卷第一张《红梅伴绿蕉》就是一幅极为成功的作品。一般说来，梅蕉并不同时，但在广州却是可以依偎而生的。徐青藤也曾画过这个题材，但并不多见。君匋先生的这幅画用笔泼辣，墨色大佳，充满着蓬勃的生气，反映出画家对美好事物的追求和高度的艺术技巧。

《寒凝大地发春华》是完全用如万岁枯藤的线条来描绘的梅花，简直是一幅完美的书法作品。君匋先生过人之处在于他会用汉画像石刻及篆刻的趣味来表现线条，自是别开生面。

君匋先生对赵之谦的画法深有研究，所作颇多赵的余风，如《拔地青松挺劲枝》《紫云深处》等幅。但是，比赵之谦更粗犷，更富有强烈的艺术感染力，充满着新时代的气息。

高明的画家是不愿意以相同的手法表现相同题材的。《春色满园》和《漕溪纪游》都是牡丹，一浓抹一淡妆，趣味迥异。但是，淡的不薄，浓的不腻，集中的三幅芭蕉、三幅荷花也复如是，不是高手就不容易做到了。

不论是册页小品还是盈丈巨构，君匋先生的作品都充满着魅力。《蛟腾珠舞》是六尺巨屏的葡萄，风云入怀天借力，气势磅礴，罕有其匹；《绿玉笼珊瑚》是一张斗方梅蕉，但小中见大，俨然大气派，作为同是尝过丹青甘苦的同志，我是十分佩服的。

中国画上题跋的优劣决定着整件作品的成败。君匋先生的题跋，不但地位恰当，而且或诗或文，或草或楷，或长行直下，或署之二字，变化多端，加上丰富多彩的自刻印章，给人享受，催人思索，使人陶醉。

君匋先生是一位具有多方面修养的杰出艺术家。这本集子是他书画篆刻三方面的小结。我怀着钦佩的心情欣赏了这些作品，怀着钦佩的心情写下了这些感想，并且期待着读到君匋先生的更多的好作品。

一九八二年一月朱屺瞻

附二 《钱君匋作品集》跋

一九八〇年冬季和一九八一年秋季，中国出版工作者协会、中央美术学院、中国美术家协会上海分会、上海市出版工作者协会等单位，为我在北京和上海举办了个人书画篆刻装帧展览，有几家出版社希望能将我的作品结集出版，前来征求我的意见。虽然我从事文学艺术的创作和研究已逾半个世纪，但自知不足存耳，所以没有允诺。后来，湖南美术出版社坚请我出版书画篆刻的专集。转念目疾日甚，今后的创作精力也许只能倾注于写意中国画之中，那么，在此作一小结，以博大雅和海内外友人的批评，不亦乐乎？乃如所请，遂成此集。

早岁，我是从事书籍装帧的。二十年代中期，我辞去浙江艺术专门学校图案系教职后，即担任上海开明书店的音乐美术编辑，主要搞书籍装帧。因了同学陶元庆之介，认识了鲁迅，嗣后便时趋请益，获得鲁迅的启示良多。可以说，鲁迅的美学观点始终指导着我的创作实践，无论是书籍装帧，还是书画篆刻。

年来，由于我倾全力于中国画和书法的创作与研究，所以除了偶尔为旧友和自己的篆刻集《长征印谱》《鲁迅印集》《钱刻鲁迅笔名印集》《君匋印集》和《钱君匋篆刻选》作了装帧之外，这一行已经很少染指。

篆刻也相类似，由于白内障加剧，在完成了《钱刻鲁迅笔名印集》和《鲁迅印谱》后，已经很少奏刀。对于这两部文字内容相同的印谱，现在提起，我仍然充满着感慨——《钱刻鲁迅笔名印集》创作于一九七三年，由于众所周知的原因，我只能偷偷为之。不意仍为"四人帮"恶犬所嗅觉，竟将此目为异端，强行籍没原印及全部拓本。我心痛绝！但是，鲁迅的百折不挠的战斗精神鼓舞着我，瞒着为我而饱受折磨时时为我担忧的家属，又重刻了一六八方作为无声的抗议，是为后来广东人民出版社出版的《鲁迅印谱》。打倒"四人帮"后二年，第一套原石也完璧归赵，即湖南美术出版社出版的《钱刻鲁迅笔名印集》。所以出现了两套镌刻鲁迅笔名的印谱，这也是在十年动乱这一奇特历史阶段出现的奇特现象。

中国画，是我自幼即喜爱的艺术形式。少日，当我从西洋画转向国画时，受到同里孙增禄、徐菊庵两位前辈鼓励，后来又得到了丰子恺老师的指导，遂潜心研究徐青藤、八大山人、石涛、赵之谦、吴昌硕等家的作品，努力把书法变化丰富的线条作为刻画形象的基本手法，用最简练的构图，最少的颜色来表达最丰富的内容。

中国画的线条是十分讲究的。它要求中锋为主，要求有抑扬顿挫的变化，要求体现旋律美。可以说，古来任何一位成功的画家，没有一个不是把书法移入绘画的。如果能把三代铜器的凿款，两汉石刻的画像以及玺印的线条表现法注入绘画，则更能增强作品的概括力和感染力，更富金石气息。这是我努力追求的目标。

中国画的构图是独立于西洋画理论之外自成体系的。它往往在画面留有大片的空白。这和戏曲大师梅兰芳的京剧一样——整个舞台空荡荡的，几乎不设布景，但这恰恰给了演员以最大的活动余地，也给了观众以最大的想象空间，使大家专心一致地随着梅兰芳动人的舞蹈，传神的动作，醉心的演唱而渐入佳境。这酷似中国画处理背景和主体的手法。如此，则被描绘的主体得到最突出、最集中、最明豁的视觉效果，"敢以少少许，胜人多多许"。这也是我努力追求的目标。

中国画不习惯用光怪陆离的颜色来表达效果。但是，它十分注意色彩的变化，喜欢用很少的颜色反映丰富的层次。水墨画亦如此。它崇尚朴素、崇尚明快、崇尚典雅、崇尚含蓄，这也是我努力追求的目标。

由于时间和精力的限制，过去我很少有机会沉溺丹青。一九七二年被强令"退休"，倒给了我大好时光。尤其是近年来，创作激情如前，然眼病日笃，既然不能再从事很费眼神的篆刻创作，则醉心书画亦我之夙愿也。我今年七十又七，谚云"八十不为老，九十正年壮"，老骥不衰，犹可以管城子追随党和全国人民之后，为祖国四化贡献绵薄。

在这里还要写上一笔，这个集子的编排设计，多亏谷华同志和茗屋同志，他们都出了全力，还有其他一些朋友，也都出过力，在此一并致谢！是为跋。

钱君匋

一九八三年于抱华精舍

天涯小楼随笔（三十六）
关于"钱君匋走私案"

上海鲁迅纪念馆曾经编过一本《钱君匋纪念集》，由中国福利会出版社于二〇〇七年四月出版发行。书中史料部分收有钱君匋老师亲撰，钱大绪、罗之仓、施晓燕整理的《钱君匋年表》。

第三九九页上部刊有如下一段：

  大儿大绪考公费访问学者差两分，与之交涉，未能通过，余与简庆福言，彼愿担保其去美国，因此在阴历正月初四飞回上海，办理去美手续，简庆福托蒋石宏代向余索赵之谦画为酬，余再三考虑，只得以赵之四尺整张花卉屏四幅及李复堂、任伯年等人作品 10 件与之，次日复飞广州。

余将赵之谦等人作品 10 幅与简庆福后，愈思愈悔，欲请有力者出资助余赎回，遂与旧友成玉林言之，托找对象，未有结果。(1982（七十六岁）)

谁也料不到，这一赠画事件竟酿成轰动上海文艺界的爆炸性事件——

一九八四年五月以后，有一段时间，很难见到钱君匋老师。去了钱府，师母或者阿姨都会说，他不在家。一次，傍晚见到他沿着重庆南路向幸福坊寓所走去，一左一右有两位陌生男子陪着。到了弄口，陌生男子站定目送钱老师进了四号钱府后门，才后退离去。

我前去上海文艺出版社，向徐长华大姐询问。她悄悄地告诉我，出大事体了，讲先生（指钱老师）走私，天天关在房间里写交待，上下班有人接送，不许阿拉搭伊讲闲话……听了吓我一跳。

一天，一位朋友莅寒舍，说刚从中山公园看了反走私展览会过来，里面有你老师走私的内容。第二天我便前往中山公园，那是海关举办的反走私成果展览会。果不其然，有一个大玻璃橱窗，挂着十多幅画幅，劈面便是四幅一堂赵之谦的花卉立幅。上面的大标题是"钱君匋走私案"，令人震惊。

这十多幅画轴中，包含吴昌硕、齐白石、黄宾虹、张大千等大腕的佳品，目不暇接。且都盖有"君匋庚申重得"和"与君一别十三年"的印章，说明这些挂轴都是抄家发还的物品。

几天后，同门汤兆基兄过舍间，相对唏嘘。他刚从中山公园归来。说已去看过几次，因为从来没有近距离观摩赵之谦原作的机会，而他对赵画又特别崇拜。

兆基兄和我一样，为钱老师深深担忧。

那个阶段，书画圈里流言四起，各种故事都出现了。据说，当时上海书法家协会的一位领导也在公众场合大骂"钱君匋这个老家伙走私"。

的确，是有那么一个反走私成果展览会，的确，是有一个专题是"钱君匋走私案"。

一天晚上八点多，突然接到师母的电话，要我马上去一次，说有重要事情。到了钱府，客厅里只有老师和师母两个人。师母说，你钱家伯伯闯了大祸了，人家讲伊走私，明朝公安局就要拿伊捉进去了……侬搭杜宣同志老熟，现在陪钱家伯伯去一趟，求求杜宣同志帮忙救救伊……

我不敢贸然陪钱老师去见杜宣丈，因为深知钱老师在杜丈心里的地位。不是印象不好而已，简直是厌恶之极。我怕发生当场被赶出去的尴尬，只好推脱说，听说杜老出国了，一下子找不到。又安慰钱老师说，明天要抓你，这是瞎说的，在吓唬你。真要抓人，谁敢泄密让人逃走……

整个过程中，钱老师没说一句话，全是师母和我在对话。

我离开钱府，马上赶去杜府。杜宣丈睡得晚，并不十分唐突。听了我的述说，杜丈说他一点也不知情，是第一次听说。我请他关心，向有关部门打打招呼，尽量向好的方面靠拢。他随随便便答应了一下。我知道，他给我面子，敷衍我。

第二天傍晚，我去看望钱老师。他平安回家，并未被抓，只是不准许和外人接触。

第三天晚上，我去看望杜宣丈。猜想大概不会有任何结果，不意他竟然主动提起，说已经了解过了，确有其事，且情节相当严重。上面的意见是两条：一、人要处理；二、赃物全部充公。我请教人要怎么处理？杜丈说，抓捕法办。又请教说，赃物已经在开展览会了，早已充公了。杜丈笑我无知，说对于文物走私犯来说，家里的文物和值钱的东西全部是赃物。

我去见钱老师和师母的时候，当然不敢直说这两条。只是含糊地说，杜宣同志回来了，但是非常忙，他已答应斡旋帮忙了。又安慰说，听说对于一般的走私来说，只要承认，态度好，家里值钱的东西和文物交出，大概都可以宽大无事的。师母说，陈家弟弟，只要钱家伯伯呒么事体，阿拉屋里一家一当全部交出去侪可以。

这以后，我几乎天天不是去老师府上安慰几句，便是去杜丈府上催他帮忙照顾。

一天晚上，因为来了一位朋友，聊到九点多还未离去。杜丈来一电话，要我去一次。

一进屋，杜丈便说，只能帮你老师忙了，因为牵涉到你叶阿姨的亲戚，论辈分我们还要叫他舅舅。原来简庆福先生是杜丈夫人叶露茜阿姨的亲戚。

杜丈告诉我，据简庆福先生的叙述，情况是这样的——简先生帮钱老师的儿子办理了去美国留学，花了很多钱，为了答谢，送了十多幅画轴给简先生。简先生托了澳门好友 H 先生，放在他的汽车里，直接送出拱北。因为 H 先生是统战对象，可以自由出入，不必检查的。简先生把画轴从澳门带回了香港，轮流挂在家里欣赏。如有人问起，他也坦率回答是钱君匋谢我的。一天简先生从罗湖入境，海关请他去办公室，说牵涉到了走私案件。结果是打电话让家人把所有画轴送到海关，才放简先生离开。接下来，有关部门就开始追究钱老师的责任了。

杜丈说，因为你老师认罪态度比较好，还揭发了其他书画家的许多问题，听说（杜丈特别强调，只是听说，他作不了主）可以宽大处理，人不处理了，只要赃物上交就可以了。

　　第二天一早我就前往老师府上向师母，婉转地把只要文物上交就可以了的结果禀告之。师母说，不要说收藏的东西，就是矮凳台子伊拉要，全部拨伊拉，只要那钱家伯伯太太平平。

　　翌日一早，师母来电，说昨夜与老师商量来商量去，觉得上交就是充公，搭抄家一样，一点面子也呒么，能勿能请杜宣同志再帮帮忙，算阿拉捐献，阿拉保证完全照上面的要求，一点点也勿保留，全部捐献出来。当我把师母的建议告诉杜丈时，他不假思索"这个老太婆蛮厉害的"。但是他答应去试试看。

　　过了几天，杜丈告诉说，上面同意以捐献的名义，但是对象只能是国家。我心里还是十分疑惑，除了古文物，还有什么值钱的东西，究竟是指什么呢？杜丈说，他不清楚，但是有关部门的工作人员，肯定会有具体范围告诉钱老师的。果不其然，最后钱老师把自己写字台抽屉里放着的，平素在使用的，陈巨来、来楚生、叶潞渊等先生篆刻的"钱君匋"等姓名印全部"捐献"出去了，包括自用印。

虽说捐献可以抵罪，但要把辛辛苦苦一辈子蒐藏的心血全部送出，戚戚然也是可以理解的。听同门方正之兄说，一九八五年春节前夕，他前往钱府拜早年并祝贺生日，适吴长邺先生也在，吴公苦心孤诣劝慰钱老师，说捐献国家是最好的出路，不要想不开云云。

不意捐献之事，也并非一帆风顺。《钱君匋年表》1985（七十九岁）条——

　　余为治痛风，误敷毒药，病情恶化，性命危在旦夕，因而思及发还之文物，作身后之处理，遂发愿捐献国家，先与上海、杭州两地博物馆商谈，均未被接受，条件使然也，后与故里桐乡市联系，一拍即合，遂立约全部捐献，定名为君匋艺术院……

上海、杭州的博物馆均不愿意接受，原因为何，不得而知。也许是"案件"结果还不明确，怕惹麻烦。这是我乱猜的。不过，后来一定是十分后悔的。

于是乎，桐乡的"君匋艺术院"出现了。最近，听海宁钱君匋艺术研究馆创建者翁景浩兄说，钱老师在和桐乡市联系以前，先向海宁市提出。当时，海宁市长是一位上海人，没有接受。

几年后，我已移居日本，一九九一年初回国省亲，去看望杜宣丈，他指着桌上的一张《文汇报》说，这篇文章你看过吗？天下有无耻的，没见过有这么无耻的。我拿起报纸一看，几乎一整版的文章，题目很长"学画、买画、失画、还画、献画"，钱老师写的。

杜丈虽然帮了钱老师一个大忙，但始终没有改变对钱老师的固有看法。据说上海鲁迅纪念馆准备建立与鲁迅有关的现代名作者书库，一人一库，配祀鲁迅，名单中有钱老师。杜宣丈极力反对，甚至说有钱君匋就不要安排我杜宣。这是鲁迅馆的老领导老同志都知道的。

不过杜丈绝对不是冥顽不化的人。一九九四年六月，钱老师在上海美术馆举办"钱君匋九旬艺术展"，他非常希望杜宣丈出席开幕式，命我送请帖邀请。杜丈很给面子。应我的请求，还特意去接了白杨阿姨同车参加。

往事如烟，毕竟已经过去三十五六年。但是，即使在日本，也还不断有人问起走私是否事实之类的问题，不胜其烦。

我不知道在今天，如果送古画给香港朋友算不算走私。三十多年前的政策，关于走私的界定，我也不清楚。走私的人，我想，不是射利便是博名。好像钱老师的情况有点特殊。所以钱老师和杜丈健在时每当有人问起，除非是十分信任的极少数几位朋友，我都顾左右而言他。但是，即使到了现在，有些细节，我也仍然搞不清楚。钱老师说是简先生索取的，杜丈传过来的消息是钱老师送简先生的。其实，对我来说，也没有去搞清楚的必要了。结果是有了一个"君匋艺术院"，篆刻爱好者可以去看看赵撝叔、黄牧甫、吴昌硕的手刻原石，比大博物馆锁在仓库里要幸运得多。况且，钱老师头上也多了一个无私捐献的光环，好事。

　　说一句多余的话："君匋艺术院"刚建成的头几年，热闹劲一过，一是没有收益，卖门票也收不了钱；二是县级政府经费局促，所以有一些不尽如人意的地方，有些干部甚至视艺术院为包袱。我几次听老师和师母说，我们的女儿嫁错了人家……当然，现在是完全改观了，太平盛世，政府重视，钱也不缺，一定会好上更好。钱老师也一定笑慰于天堂。

　　但是老师是真的走私了吗？站在学生的立场，我充满了同情。舐犊情深，可怜的老父亲。

2020.2.2

茗屋七十学诗

一、二〇一七年除夕，在东国读陆放翁集。游戏翻唱其七绝，以迎新年。

梦断香消四十年，倭樱一向少吾怜；

平生未弃伤心地，想到城南已泫然。

二、品秋茶

清香入口雨催诗，白首朝天赋小词；

槛外枯梨求寂寞，海棠如汝笑无知。

三、又得二十八字

夜风醉客我微痴，拍手朝天唱宋词；

槛外海棠偎草睡，一弯如吻笑无知。

四、聆曲

天公怜我眉丝白，敕令寒枫映小楼；

不肯光阴随意误，青衫帘外九回头。

五、友人问起居，因答。

鹿鼎天龙慰寂寥，人生难得是逍遥；

秋云聚散寻常事，寒叶争红第几桥。

六、城南

一握多年未弃家，春潮澎湃拍天涯；

掩书几度吞声哭，路近城南愧见花。

七、次韵和陆半亩

诗魂昨夜到天涯，大海东边是我家；

岁尽休为冯氏怨，薄茶一盏即清华。

八、题自作闲章"花前苦苦诉相思"

想起五千年的事，墙边一本玉兰花；

仰天大笑新茶醉，策杖徐徐觅晚鸦。

九、偶得

有限风云无限意，八年柳絮未成灰；

老来记取英雄事，难忘鸳湖酒一杯。

十、梦到练江

透湿罗衫汗，茫然满眼烟；

滔滔秋练水，泪滚五千年。

十一、二〇二一年元旦口占

抗疫风云寒宇宙，扶桑赤县两仓皇；

帘前景色年年是，残叶黄金碎夕阳。

十二、此十余年前所作，描绘无聊的生活。偶然忆
及，似不恶，因录之。

红叶秋稠雨唱诗，近畿岁月杳然移；

糊涂梦乱青衫客，犹忆姑苏面似丝。

"七十学诗"印

赠王丹序

春瘦小丹委序于余，此现今意义之序文也。拙
题之序，古义为赠别文。借古为今，以充序文
云尔。

彭城王丹的篆刻和她的容貌一样，一瞥，便会留下
美好的印象。她的篆刻，也不是美好两个字可以蔽之。
透着灵气，还有拙意。这就不是一般人可以做到的了。

她毕业于杭州的中国美院。那是一个书法篆刻的重
镇，尤其是从前。那里还有百年西泠，曾经是巨星熠

熠，光辉灿烂了好多年。当然，余荫犹在，所以能够培养出像王丹那样尊重传统的学子。

秦汉印是流派之源。抛弃这一观点，就叫狂妄。虽然，篆刻到了晚清，各种技法俱已成熟，尽可以由着兴趣，挑一家临法之。但是，不管是学吴让之的，还是临黄牧甫的，过一阶段便回到秦汉印的世界静坐一番，冥思收心，应该大有好处。是所谓风落灯花息妄心。我的肠胃很弱，在外面应酬，稍稍油了一点，稍稍多吃几口，便觉不适。一回到家，赶紧沏一壶好茶，一杯一杯复一杯，顿觉舒泰。秦汉印，便是那一壶好茶。吃茶去，多品几杯。

王丹小妹在秦汉印上下过功夫，所以她的作品中规中矩，耐看。虽然我是保守的印家，但并不反对创新。我讨厌的是创新路上的习作，竟要到处显摆，非要人家奉他为精典。我不敢创新，因为自知水平有限。我欣赏王丹的，也因为她颇有自知之明，至今仍在秦汉的大世界里，孜孜矻矻，努力学习，仰天不作腾云想。在今天的年轻人中，是多么的不容易。

除了刻印，王丹在篆书的研习上，下了很大的工夫，而且已达相当的高度。印从书出，人人都懂。要做到，且持之以恒，就不太容易。

　　对于篆刻和篆书，王丹都有悟性，也肯下功夫。我相信，假以时日，不偏方向，一定会大成功。

　　　　　　　二〇一六年十二月，陈茗屋于委

白蕉佚诗

　　偶检旧资料，白蕉先生的一张诗稿赫然入目，钩起了许多往事的片断。

　　那是在六十年代早期，我去巨鹿路上的"静乐簃"拜谒叶璐渊丈，老先生翻检印谱给我欣赏。书里夹着一张折叠的纸片，他自己也忘了，便打开察看。我仔细一看，哇，是白蕉先生的诗稿。璐丈说："忘记忒哉，忘记忒哉，前几年伊来白相，送我额。"见我学着老书生，装着斯文，摇头晃脑读起来。璐丈见我喜欢，就送了给我。

我即把它裱成镜片，自己动手，非常开心。一直置在写字台的玻璃板下。那时的写字台，没现在流行的那么阔气，往往只有一块小小的玻璃板。

东渡后，写字台便放在杂物间，一搁三十年。白蕉先生的诗，是欢呼上海市进入社会主义社会的，重见天日，又逢光明盛世。高兴地把它呈现在读者诸君面前，不负白蕉先生当年的一腔热情，也不负潞渊丈赐赠之雅意。

白蕉先生的诗，有三首：

沸城鼓吹入云霄，万岁声中爆竹骄。放得欢情噙热泪，巾飞帽舞涌人潮。

保证书高有几抬，动人讲话逐人来。烟迷大厦欢成海，鼓掌情深作阵雷。

郊区城市一般情，云动红旗队了明。六亿人民齐报喜，亚洲新事使谁惊。

白蕉诗稿

2014 年 4 月 11 日

368

高先生作品集序言

今年四月二十一日是式翁丈一百岁冥诞。离开我们也已经二年。但是他的言谈謦欬却依然活跃在我们的记忆中。

式翁丈是平易近人、肯如人意的大前辈。凡是有幸接触过他的，无不留下深刻的印象。他虽然是官二代，尊大人是"光宣侍从"的翰林公，却没有丝毫的少爷脾气和纨绔作风，也从不见他把太史公父尊放在嘴上吹嘘。这才是我国真正的士子，是真正读过道德文章的。

式翁丈是一个异端。他出生于一九二一年，按理是应该上新式学堂求学的。没有，他没有上过学堂，而是接受庭训，在太史公身边诵读四书五经，直到及冠。据仁丈回忆，小时候光《说文解字》便抄写了四遍。但在和我们这些无知的后辈交往时，仁丈从不乱掉书袋，炫耀学问。在我们的印象中，他就是传统士子的典范。

两年前，式翁丈的离世，宣告了一个时代的结束——当今一流书法篆刻家中，再也没有自小诵读研习古文化的士子了。

式翁丈向以篆刻鸣世。当然，除了过人的天分，也和他早年便亲炙赵叔孺、王福庵二公，和受张鲁庵先生关照大有关系。仁丈是在上世纪四十年代入社的西泠早期精英。他青年时代创作的《西泠印社同人印传》，便已深得赵王二公的精髓，卓荦不凡。一直到仁丈的晚年，他始终如一，秉承传统，干干净净，清逸而洒脱，不为流俗左右。这大概就是式翁丈的篆刻受到大家喜爱和尊重的根本原因。

式翁丈的法书，擅长各体，尤以小篆和行书为常见。以楷书行书而言，仁丈走的是帖学一路，深受其尊人和赵叔孺公的影响，极为雍容大度，极富书卷气。犹如京剧里的小生，倜傥风流。

仁丈的行书，力求笔笔到位，从不敷衍塞责。我曾追随仁丈出访外埠，当地的爱好者热情过度，往往一个晚上，乞仁丈书数十余幅。仁丈一无厌态，强作精神，认真地满足各方的要求。虽然多为行草，但绝不潦草，左右开张，笔笔送到。令我们后辈感动之余深悟为人之道。

纵观仁丈的遗作，拙见是小篆为至佳。而小篆是篆书诸形式中最为难写的一种。因为它不但要求形态的优美和准确，对线条的要求也异常苛刻。

式翁丈的小篆如柳屯田的词，如邓丽君的歌，优美摄人心魄。

仁丈自幼抄写《说文》，对于篆字的音形义及其变化，烂熟心中。又从叔孺、福庵二公游，且二公俱为近代小篆之巨擘。仁丈亲炙至味，汲取精华，因此仁丈的小篆所出有本，天五人五，遂成现代书家中小篆第一人。

现在的年轻人，不大有可能自幼诵读四书五经，自幼抄写《说文解字》；不大有可能旁边坐着饱读经书的翰林公耳提面命……式翁丈的时代过去了，对于这位非凡的老前辈，只剩下怀念，深深的怀念……

大概可以这么说：式翁丈的小篆是叔孺、福庵二公民国风篆书的最后章节，是一个完美的句号。

二〇二一年五月二十五日乡后学陈茗屋敬序

《豫堂藏印集》序

豫堂者，先师君匋钱公之别署也。始于弱冠，署用年时颇久。是集收录者，先师珍护之赵撝叔吴昌硕印作也。钤拓本自一九五七年丁酉始，成于一九六二年壬寅初。都为甲乙两集，均有先师之长序，道尽原委。卷后且均有详尽之说明及释文。创前古所未有，而后可以传世，当为划时代之里程碑也。

印谱之优劣，钤拓至为重要。甲集序中列符骥良先生名，盛赞其苦劳。符氏为望云草堂鲁盦印泥之助理，钤拓俱佳。为先师义务制作之。惜乙集进行太半，符氏因故离开。据先师回忆，符夫人以家庭开支无着故，提出经济结算之要求，且以当时朵云轩标准一款人民币五分计。先师以拓工实得十之七，即三分半计，成功说服符夫人，始得取回印谱散页及待拓之吴昌硕印章。故乙集序言，钤拓者为符雪之华镜泉二氏。符雪之者即骥良先生，雪之之名乃先师为应付当时之尴尬而设计，不意符氏获自由后欣然接受，且频频署用之，亦印坛之佳话掌故也。

华镜泉先生为朵云轩职工。旧时代曾为上海西泠印社及宣和印社钤拓印谱，个中高手也。一九六二年壬寅以前数年间，先师之创作印存多委其拓款。故符氏未竟之乙集，遂委其完成之。

岁壬寅始，朵云轩受先师委托，代售《豫堂藏印甲乙集》，一函两册，价一百二十元。后降为六十元。据朵云轩龚馥祥、华镜泉二氏云，惜未有成交者。是时，朵云轩有旧印谱出售。不佞尝购得商务印书馆版石印《十钟山房印举》十二册本，二十四元；宣和印社钤拓之《苦铁印选》一函四册本，六十元；钤拓本《传朴堂藏印精华》十一册（缺第六卷），二十元；钤拓本《二弩精舍印谱》一函六册本，三十元。上海古籍书店也有旧印谱出售。宣和印社钤拓《晚清四大家印谱》四卷本，十五元；宣和印社石印《伏庐藏印》三卷本，四元……《豫堂藏印》二集，不佞曾在朵云轩多次翻阅，价昂而囊中羞涩，待减至六十元时，便向先师请求购一部全新者。先师慨然允诺，且施照顾，曰半送半卖，仅收受工本费三十元而已，且签名题赠之，时在一九六四年甲辰冬日。噫，先师墓木已拱矣，往事如烟，旧游零落，不胜慨然。

是时，先师已发现乙集第三十三页"甘苦思食阍"，系赝品无疑，遂命不佞磨去。先师旋改刻己名以自用。

是谱钤拓竣工后，先师收得广州王氏旧藏之黄牧父印百数十钮。又获海上居住之苏若瑚后人嗣守之黄牧父印十数钮。潘伯鹰先生赠斋名曰"无倦苦斋"，遂名满天下。

先师尝有《豫堂藏印丙集》之构想，未酬为惜。奈何，奈何。

二〇二一年辛丑，受业蛟川陈茗屋敬序

《黄牧甫金石书画集》序

　　实在是有点突然，回日本的前夕，收到了晨欣兄的来信，希望我能为他编集的这本书，写一篇序言，还寄来了目录，供我了解大概。老友的抬爱，理应照办。奈匆匆忙着整理行装，因新冠肆虐，毕竟已有一年半没有回家了。勉强应命，惭愧惭愧。

　　黄牧甫是我和晨欣兄都非常崇拜的先贤。尤其是晨欣兄，因为是黟县人，对牧公的感情更深一层。因了地域的便利，收藏了许多散落在乡间的牧公真迹，令我羡慕不已。

祖国的县城，除了浙江，黟县是我去过最多次的地方。记得一九八四年夏天，我第一次拜谒黄村牧公故居，门楣上石刻的"旧德邻屋"赫然入目。后来被居住于彼的徐姓农民凿毁，现在的屋主人江姓妇人好像是徐氏的家属。幸而在当时，我曾经拓得。前几年扬州赵敦堂兄上木镌刻，惠以朱拓数枚。我取一枚装池上框，以赠黄村村委会的"黄士陵纪念馆"，稍稍弥补了缺憾。

　　近年来，国内对于黄牧甫的研究，可用如火如荼来形容。关于牧公的卒年，也存在两种意见，即一九〇八年戊申，抑或一九〇九年己酉。牧公是享年六十，还是六十又一？

　　1984 年冬天，我曾和牧公嫡外孙叶玉宽氏，其夫人牧公嫡孙女黄云岫氏认真讨论过。他们斩钉截铁，说牧公卒于六十岁，也就是一九〇八年。当然是虚岁，因为安徽农人一向以虚岁计。问题是当时叶氏的生母，即牧公的幼女黄慰璋老人健在，有过一次，她说，牧公卒时六十一岁。叶玉宽夫妇说，牧公谢世时，黄慰璋老人只有八岁，搞不清楚，从前一直说六十岁，现在老朽糊涂

377

了。叶氏称，他是听大舅黄少牧三舅黄小牧亲口告诉的，绝对不会弄错。但当时，叶玉宽氏曾割爱，让给我一副牧公对联"观海齐量登嶽均厚，临世濯足希古振缨"，上款是"利元尊兄大人属书"，落款"穆甫弟黄士陵"。此件为老裱头，惜霉烂甚也，包首处有一行小字"光绪三十四年秋日，黄士陵书于黟县黄村，该友次年正月仙逝"，猜想是受件人利元所注。按此计算，此联写于一九〇八年光绪三十四年戊申，牧公六十岁。"次年正月"应该是一九〇九年的一、二月，牧公应该是六十一岁。当时，我计算后请教叶玉宽夫妇。他们说，这人是胡说的，黄牧甫肯定是享寿六十的。对卒年问题，我也曾询问了黄村的多位老人，众口一致是六十岁。尤其是一位黄明中氏，有相当好的文学修养，且是近亲属，他也明确地肯定黄牧甫活了六十岁。我当时认为卒于一九〇八年，农历正月初四，六十岁。依据就是在黄村的探访。

现在披露的资料，大致可以断定，我原先的结论大可商榷。我也偏向了卒于一九〇九年说。但是有一个问题还是困扰着我，农村老人对于年龄之类的问题，应该是相当严谨，不大会搞错的。为什么当时黄村的老人尤其是牧公后裔会说六十呢？如果卒于一九〇九年，肯定不是六十。

当然，卒于哪一年，丝毫也不影响黄牧甫艺术的耀眼光芒。对于黄氏的高度，尤其是法书和法刻，晨欣兄和其他专家都有深刻的研究，作为资深的爱好者，我很愿意煮一壶好茶，慢慢地学习。

二〇二一年，辛丑六月，后晚学生陈茗屋于补读书屋

《丛翠堂藏印》后记

一九六三年，豫堂先师二次自广州黄文宽处，以一印十元购得黄牧甫刻印百四十五钮。内中"人生识字忧患始"为孪生品，拓入是谱者，先师定为真迹者。赝品现今同在桐乡君匋艺术院。二批印石入手时，均被蜡封，无法钤拓，先师命余用汽油清洗之。大费周折，苦不堪言。后先师又从海上居住之苏若瑚后人处，以十元一印，购得黄牧甫为苏氏所刻一十五石一十六印。央高式熊丈，向张鲁庵遗孀购得连史佳纸，命余钤拓八部二卷本，此其一也。序、跋均为先师亲撰，命余持二十元

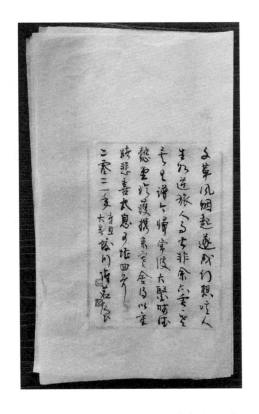

情单孝天氏誊抄八份，复命余持函请唐大石先生书签二十四枚，先生不怿，边詈边写，此情景历历在目，至今不能忘也。后先师又购得连史佳纸，复倩符骧良氏钤拓

七部。故传世之《丛翠堂藏印》当有一十又五部。岁月不居，不知残存多少在人间耶。先师在一九六〇年前后，曾将珍护之赵撝叔吴昌硕刻印，辑为《豫堂藏印甲乙集》。收得黄牧甫刻印后，有钤拓《豫堂藏印丙集》之构想，"文革"风烟起，遂成幻想。噫，人生如逆旅，人事皆非，余亦垂垂老矣。是谱今归常波大医师德懿堂珍护，携来寒舍，得以重睹。悲喜太息，可堪回首。

二〇二一年，辛丑大暑。蛟川陈茗屋

老　店

　　我在大阪的这家茶叶店附近住了十多年，有时见一位老太太默默地坐在里面，但空无一人的时候居多。后面应该是店主的住宅，大概进来了顾客，马上就会出来招呼。不过我没有见到过顾客上门。大概房子是自己的，没有房租的压力，所以也不在乎生意不生意的，货物也不多。将来老人走了，店铺也消失了。

　　旧书店，十年前我家附近还有三家，现在都消失了。坐了好几站地铁，找到了一家。一位老伯伯坐在店堂深处。祝愿他长寿，能多维持几年。

卖红豆赤豆的小店，我不忍用"惨淡经营"来形容。一位老太太坐在店铺里面，精神还不错。

一家刻印铺子，生意不太多。门口一张蓝色字的"丧中"什么什么的，意思是可以印制讣告的。

印制讣告是什么意思呢，日本人的习惯，年底要写"年贺状"（贺年卡）。倘若这一年中，家里有不幸事，一般在十二月初就要印制这种丧中什么什么的，寄给估计会写年贺状的亲友，请他们不要寄了。

鱼店，也越来越少了。老人走了，小青年儿女是不肯接班的。代替这种鱼店的，是大型的超市。我喜欢这样的小鱼店。大前天，我买了三个大虾，比筷子长，1000圆一个，大概合人民币五十多元。

一般都由老夫妻经营的糕团店，也是越来越少了。这一家真不错，大概是儿媳妇帮着在经营。我偶尔会去买，很好吃，但实在太甜了，多吃受不了。

三十年前，我刚到日本时，到处都有小豆腐店，几乎都是老公婆在经营，每天清早起来操作，一丝不苟，质量是一流的。我在住处附近转来转去，都消失了，可惜。

黄牧甫早期作品

纠纠堂藏有黄牧甫早年篆书四屏条，友人费胤斌君从网上发来示我。实在是精彩耀目，令人激动。

每幅高二尺许，写的是牧公父尊的绝句，用邓石如、吴让之风成之。虽然没有年月，估计是三十岁以前的作品。

其一是"到此人皆清净身，振衣千仞绝纤尘。我来欲洗诗心洁，写出黄山面目真"。款"浴汤池"。（按："湯"应有一横，省作"易"，似乎不妥。姑且提出，敬请各位方家教我）钤印二：白文"士陵之印"；朱文

"穆甫"。

其二是"一瓣莲花佛一尊，金身亿万镇沙门。从头记得山僧语，珍重前朝赐塔恩"。款"咏铜塔"。钤朱文印"穆甫小篆"。

其三是"我自龙峰峰顶呼，临空观瀑短邛扶。秋高不作飞腾势，百丈鲛绡九折铺"。款"自九龙峰至九龙潭观瀑布"。钤朱文印"九千三百午十三字斋"。

其四是"向（脱"空"字）云尽耀晴晖，万仞天都入翠微。仿佛真人朝紫阙，垂绅正笏气魏魏"。款"望天都峰。首句'向'下落'空'字。录先君游黄山诗四首于皖上之拆卸折叠之庐。士陵学篆"。钤白文印"江夏士陵之章"。（按：点明"皖上"，应是赴南昌前之作品也）

这一堂篆屏，酣畅淋漓，有邓吴之真味，自不必区区置喙。且虽是早年作，已显露大作家气象，可以说是里程碑式的杰作。

最令区区激动不已的是这里钤用的印章，均未见著录，且容区区一一介绍之。

一、对印。"士陵之印""穆甫"，1.6厘米见方。一望而知，是极早期未成熟的作品。上世纪八十年代初期，我在黟县牧公外孙叶玉宽先生家，见到过许多诸如此类的作品。取法多种多样，有浙派风，有邓石如风，还有莫名其妙的。当时我曾感叹，光是这些印章，谁也预计不了，作者竟然能成为篆刻巨匠的。可见牧公以后奋斗不已，其努力向上的甘苦远远超出了常人。

二、"牧甫小篆"，2.3厘米见方。此印和上述对印相比，真是天壤之别。分朱布白，相当和谐。线条也处理得干干净净，清新脱俗。

三、"九千三百午十三字斋"，2.6厘米见方。就印而论，不如"牧甫小篆"。但奇在文字。当中这个"午"字有点令人惊诧，难以理解。不过"九千三百五十三字"，却是我们熟悉的文字。语出《说文解字》序文——叙曰：此十四篇五百四十部，九千三百五十三文，重一千一百六十三，解说凡十三万三千四百四十一字……一下子就可明白，斋名的出处即在这里。那末，为什么要用"午"易"五"呢？区区估计，牧公是从古

黄牧甫早年篆书四条屏

"士陵之印""穆甫"对印

"牧甫小篆"印　　　　　"九千三百午十三字斋"印

"江夏士陵之章"印

阴阳说，因为根据五行之说，"五"在阴阳天地间，交"午"也。所以用"午"来代替"五"，开一个小小的玩笑。

四、"江夏士陵之章"，2.4×2.5厘米。此印有浙派风，工稳精到。"江夏"是江夏郡之略称，为黄姓之郡望。不过牧公有江夏二字的自用印颇为少见。

除了这五枚印章为我初次见到，这四屏条还告诉了我们两个牧公的斋名，也是为研究者所不知的。落款中的"拆卸折叠之庐"，挺滑稽的。而且"卸"字从"缶"，也是非常少见的特例。另一个，即是"九千三百午十三字斋"。

好嘢，纠纠斋！

2022年6月25日于上海

黄牧甫的两件竹刻

曩在友人于长寿先生处，曾获睹黄牧甫氏竹刻扇骨一件，叹为绝伦。惜失之于"文革"，至今未有下落。

一九八三年暑假，笔者有黟山之行，专程采访黄牧甫氏遗迹，于黄氏故居、卒年月日、早晚年生活、晚年创作、墓室、子女情况等多有收获。且在黄氏后裔处摩挲赏玩竹刻两件。先贤手泽，古气弥漫，遂椎揭之，以飨同好。

一为椭圆形毛竹笔筒。

笔者见陋闻寡，椭圆形竹筒从未见过。黟山乡民说，竹笋破土，即以二巨石夹之，留半寸空隙，供其穿越，长成之竹即为椭圆状。截而制笔筒，甚别致。惜毛竹生长之势锐不可当，往往将巨石挤翻，故椭圆毛竹并不多见。

这笔筒，据说是黄氏少时自运巨石，夹而成之。

筒侧，浅刻篆字二十有六——"其性直，其心虚，斯为管城子之居。直能上，虚能受，斯为管城子之友"。款曰："此铭乃　先公旧作也，追忆遗训，敬录之以自箴。士陵。"

这些文字的刻法，一如其年近三十时之印章边跋，明显地受邓完白之影响。这大约是牧甫客居南昌时所刻，晚年又携归故里。百余年物，历劫不灭，真是幸事！

另一件为家用竹尺一支。貌极平常，在江南，家家有之。但是，因为黄氏镌刻了一段文字，遂身价百倍。其文曰："江南裁衣尺，量布帛通用。工部营造尺，当此九十五分。杭州机尺，九十七分或九十八分不等。苏州机尺，九十五分。广东排机尺，乃强于此五分有奇。"

竹尺文字为行楷，颇近黄氏年近不惑时印章边跋，且又提及广东尺云云，当是寓羊石时所作无疑。惜未署名，倘不是其家传，又为其后人确认，恐难断定矣。

牧甫居羊石前后凡十八年。年过半百，回归故里安徽黟县黄村时，车装船载，将所用物具，包括满堂红木家具，都携回故乡。

这两件竹刻，即是当年携归的小物品。现为牧甫外孙叶玉宽先生、孙女黄云岫女士夫妇所嗣守。

黄氏印作，传世较多，竹刻则较为少见。据其后裔说，黄氏甚善刻竹刻木。现在犹保存尚好的黄氏故居正厅中，原有一副木质楹联，文曰"古槐择美里，瑞竹延清芬"，也是黄氏手勒之物。

黄氏故居外原有古槐两株，故其书斋曰"古槐邻屋"。上联"古槐"即指此。黄父博雅能文，有《竹瑞堂集》。黄氏早年书斋曰"延清芬室"，因有下联。这一副木楹联，一九六六年前尚在黄村。现遍寻无着，恐已不在尘世！

（按：此文发表于香港《书谱》杂志 1985 年第六期）

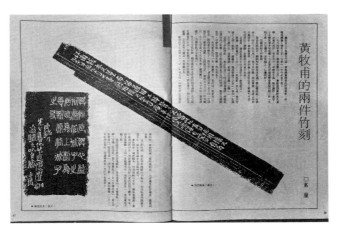

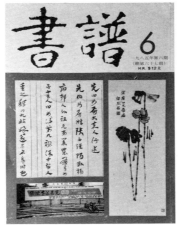

后　记

　　几年前，因祝鸣华兄的邀请，让我在《新民晚报》"夜光杯"版，先后开辟了"读印札记"和"天涯小楼随笔"两个专栏。在这以前，朱来扣兄曾邀我在《新闻晚报》上开辟过"小刀一把战东洋"专栏。杨柏伟兄把这些破文章合裒成帙，编了一本《苦茗闲话》，在二〇一七年由上海书店出版社刊发。

　　这以后，我仍在鸣华兄的庇护下，继续在"夜光杯"上胡诌一通。二〇二〇年六月，鸣华兄荣退，我则朽老不堪，天下无不散的筵席，我就不再为报刊写稿了。

　　不料，没过多久，柏伟兄竟然把《苦茗闲话》以后的拙文都打印出来，发我校勘。惭愧，懒慢疏狂，一搁就是半年，自己的事情也这么拖宕，实在说不过去。

　　其实，在停摆"夜光杯"之后，有时技痒，也还写写消闲。春节后，努力整理，以副柏伟兄的关照和雅意。

　　衷心谢谢三位编辑兄和为拙集赐诗的鹏公宗兄，衷心谢谢给我很多帮助的《新民晚报》的陈宏贤妹，还有赐予帮助的朋友们。没有你们，就不会有这一本小书。

　　　　　　　　　　二〇二一年三月　陈茗屋
　　　　　　　　于沪西陈村的风烛草堂

图书在版编目(CIP)数据

苦茗闲话.续集/陈茗屋著.—上海:上海书店
出版社,2023.3
ISBN 978-7-5458-2253-3

Ⅰ.①苦… Ⅱ.①陈… Ⅲ.①散文集-中国-当代
Ⅳ.①I267

中国国家版本馆 CIP 数据核字(2023)第 029172 号

责任编辑 杨柏伟　章玲云
装帧设计 郦书径

苦茗闲话·续集

陈茗屋 著

出　　版　上海书店出版社
　　　　　（201101　上海市闵行区号景路 159 弄 C 座）
发　　行　上海人民出版社发行中心
印　　刷　苏州市越洋印刷有限公司
开　　本　787×1092　1/32
印　　张　12.75
版　　次　2023 年 3 月第 1 版
印　　次　2023 年 3 月第 1 次印刷
ISBN 978-7-5458-2253-3/I·563
定　　价　68.00 元